Couverture inférieure manquante

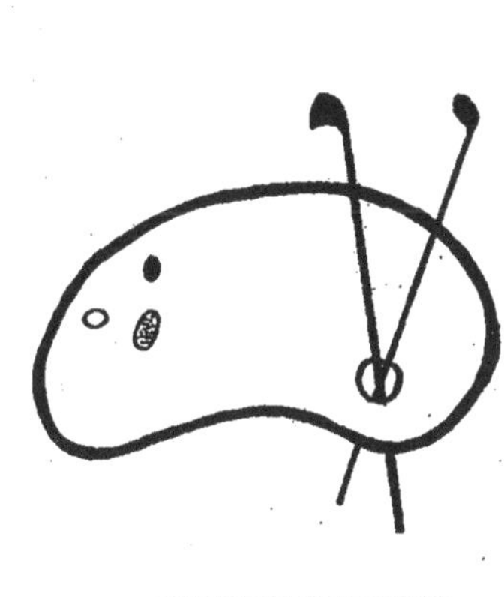

DEBUT D'UNE SERIE DE DOCUMENTS
EN COULEUR

SCIENCE ET RELIGION

**Études pour le temps présent**

SÉRIE HISTORIQUE

*Publiée sous les auspices de la Société Bibliographique*



LE

# DRAME RELIGIEUX AU MOYEN-AGE



PAR

MARIUS SEPET

PARIS
LIBRAIRIE BLOUD & C^{ie}
4, RUE MADAME ET RUE DE RENNES, 59
1903

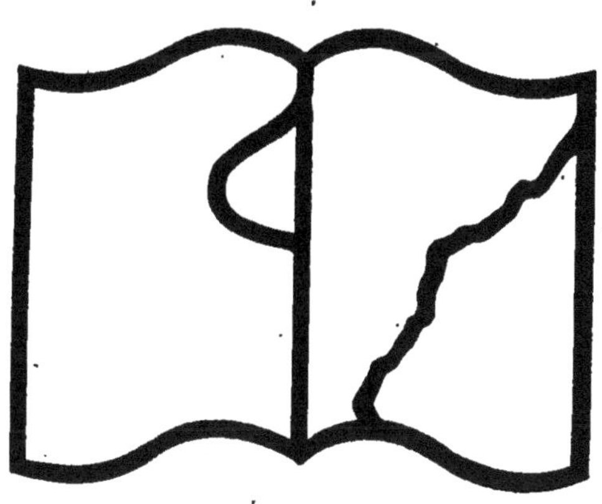

Texte détérioré — reliure défectueuse

NF Z 43-120-11

# SOCIÉTÉ BIBLIOGRAPHIQUE

## ET DES PUBLICATIONS POPULAIRES

## 5, rue Saint-Simon, Paris, VIIe

---

**But de la Société.** — La SOCIÉTÉ BIBLIOGRAPHIQUE a pour bu réunir tous les hommes d'intelligence et de cœur, désireux de mettr commun leurs efforts au service de la Religion et de la Science.

A cet effet, elle favorise la création de *bibliothèques*, de *cabinet lecture*, *la publication d'ouvrages pour les classes dirigeantes et les classes populaires*, ouvre *des conférences scientifiques, littérair sociales* ; elle signale tous les mois, dans le **Polybiblion** (*Revue bi graphique universelle*), les ouvrages parus en France et à l'Etran enfin elle envoie *gratuitement* à tous ses membres son **Bulletin mens** qui contient une *bibliographie de livres approuvés et destinés à la cré de bibliothèques populaires catholiques.*

**Avantages réservés aux Sociétaires. — 1° Au point de moral** : les Sociétaires contribuent à la conservation de la Foi.

2° **Au point de vue intellectuel :** *Renseignements bibliographiq prêts de revues de la Bibliothèque de la Société;* droit aux **prêt bibliothèques renouvelables** (*demander les notices spéciales*).

3° **Au point de vue matériel : la Société assure à ses meml des avantages tels qu'ils rentrent, et au-delà, dans le mon de leur cotisation.**

**Ses Ressources.** — Elles se composent : 1° de la **cotisation de ses membres associés-correspondants, laquelle est de 10 fr. an**; on peut **s'en exonérer moyennant le versement** d'une so **de 150 fr. une fois payée.**

2° **Des apports des membres titulaires, qui sont** de la somm **100 fr.** *au moins* **une fois payée. (Ce versement n'exempte pa** la cotisation annuelle de 10 fr., mais il **donne droit à être élig** comme membre du Conseil de la SOCIÉTÉ).

3° **Des dons extraordinaires qui lui sont faits.**

**Résultats obtenus. — La** SOCIÉTÉ BIBLIOGRAPHIQUE **est arrivée à i** sur ses listes plus de *neuf mille cinq cents sociétaires* ; chaque ann fait de nombreux envois de livres pour bibliothèques catholiques et distributions de prix aux enfants de nos écoles libres.

*Pour plus amples renseignements, s'adresser* **directement** *ociété, 5, rue Saint-Simon.*

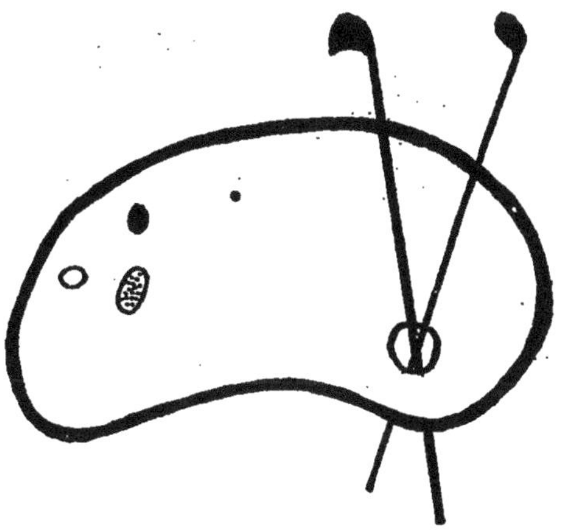

FIN D'UNE SERIE DE DOCUMENTS
EN COULEUR

# LE DRAME RELIGIEUX
## AU MOYEN AGE

SCIENCE ET RELIGION
**Études pour le temps présent**
Série Historique
*publiée sous les auspices de la Société Bibliographique*

# LE DRAME RELIGIEUX AU MOYEN AGE



PAR

MARIUS SEPET

PARIS
LIBRAIRIE BLOUD & Cie
4, RUE MADAME ET RUE DE RENNES, 5
1903

# LE DRAME RELIGIEUX

## AU MOYEN AGE



### AVERTISSEMENT

Il y a près de quarante ans que le sujet non pas traité, mais résumé ou esquissé dans cet opuscule, a pour la première fois attiré notre attention, et depuis nous ne l'avons jamais entièrement perdu de vue. Cependant la charge que nous avons acceptée nous a paru lourde. C'est peut-être que nous étions tout au moins en état d'en sentir les difficultés. La matière dont il s'agit est loin d'avoir été complètement explorée dans toutes ses parties ; elle a pourtant déjà donné lieu à un grand nombre de travaux divers : enfin elle est tout à la fois très étendue et très compliquée. Cela étant, nous nous sommes efforcé, dans l'espace et dans le temps dont nous disposions, de nous acquitter de notre tâche le moins mal possible.

Une bibliographie se trouve à la fin de cet opuscule, conformément à l'usage qui s'est établi dans la collection où il prend place. Nous aurions pu la faire plus longue, mais ç'aurait été de notre part œuvre d'apparat plutôt que de vérité. Telle qu'elle est, complétée par les indications et renvois plus spéciaux que nous avons joints au texte, elle suffira, croyons-nous, pour guider les premiers pas des personnes qui, après nous avoir lu, se sentiraient tentées de faire plus ample connaissance avec le drame religieux du Moyen Age.

22 juillet 1902.

# CHAPITRE PREMIER

## ORIGINES DU DRAME RELIGIEUX. — LES DRAMES LITURGIQUES

L'instinct dramatique est naturel à l'homme ; il suffit, pour n'en pas douter, de considérer les jeux des enfants. Mais pour que cet instinct puisse aboutir à la constitution d'un théâtre public et d'un genre littéraire, il faut que le développement en soit aidé par des circonstances et des conditions favorables. L'expérience atteste que les cérémonies et commémorations religieuses sont un milieu particulièrement propre à cette croissance. Le lien qui rattache, du moins quant aux origines, le drame au culte, est attesté par une observation multiple. Le théâtre grec, le premier qui nous offre un développement étendu, organique et logique, de l'instinct inné d'où sort cette manifestation de l'esprit humain, est issu, personne ne l'ignore, des fêtes dionysiaques, c'est-à-dire du culte de Bacchus. Le théâtre romain, du moins dans ses espèces les plus hautes, les plus littéraires, ne fut qu'une imitation, qu'un prolongement du théâtre grec. Tombé, comme toutes les parties de l'ancienne civilisation gréco-romaine, trop imprégnée de paganisme, dans une triste et honteuse décadence ; justement flétri par les organes autorisés de la doctrine et des mœurs chrétiennes ; ce théâtre, dans l'Europe occidentale, succomba, comme l'Empire romain lui-même, sous l'invasion des Barbares. Les vestiges qui en subsistèrent ne sont à prendre en considération que dans des points de vue particuliers. Pour l'ensemble, le terrain fut comme déblayé et le champ laissé libre à une nouvelle croissance de l'instinct dramatique, s'il rencontrait de nouveau les circonstances et les conditions qui lui conviennent.

Or, ce milieu favorable, il le trouva dans le culte chrétien et, pour préciser davantage, dans la liturgie catholique. Il est de la nature de cette liturgie de manifester les vérités dont elle est, pour ainsi dire, l'expression publique, devant une réunion nombreuse de fidèles attentifs, au moyen d'une pompe majestueuse et frappante et de rites figurés, d'un caractère à la fois symbolique et historique. Les textes dont elle fait usage, soit pour le chant, soit pour la lecture, ont une allure éminemment représentative. Leur caractère, tantôt lyrique, tantôt épique, tantôt didactique, revêt souvent, sous cette triple forme, en raison surtout de leur saisissante mise en relief et des rites où ils s'encadrent, une physionomie dramatique. C'est ce que Mgr Pierre Batiffol, aujourd'hui recteur des Facultés catholiques de Toulouse, a très bien montré, pour la liturgie des trois derniers jours de la semaine sainte, telle qu'elle était constituée dans le rituel de Rome au temps de Charlemagne, en sa très remarquable *Histoire du bréviaire romain* (1).

L'application de la musique, c'est-à-dire du chant régulièrement organisé, aux textes en usage dans la liturgie, ne fut pas d'une petite importance pour la mise en saillie des éléments dramatiques qu'elle contenait. Le chant alterné, appliqué de diverses

(1) Paris, Alphonse Picard, in-12. — Nous avons cité le passage dont il s'agit dans notre volume : *Origines catholiques du théâtre moderne*, p. 9 et suiv.

manières aux psaumes et aux hymnes, aux antiennes et aux répons, offrit spontanément aux célébrants et aux fidèles l'idée suggestive et même, en certains cas, presque l'image anticipée du dialogue dramatique. « Dans l'antiphonaire de saint Grégoire, dit Léon Gautier, plus d'un *Introït* est en forme de dialogue (1). » Mgr Batiffol, dans l'ouvrage précité, a reproduit un répons du premier dimanche de l'Avent, qui ranimait, selon lui, « dans le sanctuaire des basiliques comme le dialogue du chœur de la tragédie grecque » et qui lui rappelle « une scène célèbre des *Perses* d'Eschyle ». Un assez frappant exemple de ce genre d'adaptation des procédés du chant ecclésiastique au texte des paroles que ce chant doit mettre en valeur, nous est présenté, dans l'office actuel du jour des Saints Innocents, par cette antienne, dont la date et la forme originaires ne me sont d'ailleurs pas connues :

*Verset.* Sous le trône de Dieu tous les saints crient:
*Répons.* Venge notre sang, ô notre Dieu.

La liturgie régulière et canonique, dont le type est le rite romain, pouvait sans doute servir d'occasion à l'éveil et à la première croissance de l'instinct dramatique. Mais son objet, après tout, n'était point de le satisfaire. Elle ne se serait donc pas, à cet égard, avancée d'elle-même beaucoup au delà du degré où elle était parvenue au temps de Pépin et de Charlemagne. Ces deux princes substituèrent dans toute l'étendue de leur domination, dont la Gaule était la partie essentielle, la liturgie romaine aux usages antérieurs, que la barbarie mérovingienne avait altérés . L'épuration de l'office divin et la restauration du chant ecclésiastique furent, aux yeux du grand empereur, une portion capitale de l'œuvre de renaissance religieuse et intellectuelle qu'il avait

(1) *La Littérature catholique et nationale*, p. 234.

entreprise d'accord avec le Saint-Siège. Il fut aidé tout particulièrement dans cette noble tâche par l'institution monastique qui, surtout depuis le VI$^{e}$ siècle, avait couvert le sol de l'empire franc et de ses annexes de puissants foyers de ferveur religieuse et studieuse, de centres rayonnants de civilisation chrétienne.

La place qu'occupait la liturgie dans les occupations et les préoccupations des monastères était, cela va de soi, considérable. Le zèle de Charlemagne y trouva d'ardents coopérateurs, qui continuèrent après lui et sous ses faibles héritiers à exercer, mais avec plus d'indépendance et de hardiesse, les facultés de leur esprit sur le perfectionnement de l'office divin. Dans ce mouvement liturgique, le principe d'épuration et de réforme céda bientôt le pas à une tendance, de plus en plus exubérante, d'invention et d'enrichissement.

Un monastère se distingua entre tous, au IX$^{e}$ siècle, dans cet élan vers une plus grande ampleur et splendeur du culte. Ce fut celui qui avait été fondé dans l'Helvétie germanisée près du tombeau et sous le patronage de saint Gall, disciple et compatriote de saint Colomban. L'esprit aventureux et ingénieux des moines celtiques et leur originalité native semblent s'y être associés à la forte culture romaine et carolingienne et aux qualités naissantes de la Germanie chrétienne pour créer une puissante école qui, sous les héritiers de Charlemagne, se développa de plus en plus librement. Saint-Gall, au temps de Charles-le-Gros, était comme une petite Athènes monastique et scolaire, dont l'empereur, qui d'ailleurs aurait mieux fait d'avoir l'œil à l'état chancelant de l'empire, se plaisait à encourager et à partager les exercices. C'est là que le moine Notker, appliquant ses dons littéraires à un moyen de mnémotechnie musicale importé de Jumièges, inventait un nouveau genre de composition poétique et liturgique, les *séquences* ou *proses*. C'est là aussi que son condisciple et ami Tutilon créait un genre analogue, les *tropes*, audacieuse insertion dans le texte habituel de la liturgie de paraphrases chantées (1).

Dans ces créations nouvelles la croissance de l'instinct dramatique trouva une force et un aliment nouveaux. Dès l'origine et à Saint-Gall même, plusieurs des tropes furent, de propos délibéré, conçus en forme de dialogues. Tel le curieux trope pour l'introït de Noël qui commence par les mots *Hodie cantandus*, et où la demande et la réponse sont déjà formellement séparées par la rubrique : *Interrogatio... Responsio*. Tel surtout le fameux trope *Quem quæritis* pour l'introït de Pâques, dont la vogue devait être si étendue et si prolongée : « Qui cherchez-vous dans le sépulcre, ô servantes du Christ? — Jésus de Nazareth le crucifié, ô habitants du ciel. — Il n'est point ici, il est ressuscité comme il l'avait prédit. Allez, annoncez qu'il est sorti vivant du sépulcre. »

Dans l'âge de fer de la décadence carolingienne et des premiers temps féodaux, les monastères, asiles et forteresses de la civilisation chrétienne, formaient entre eux une sorte de fédération et de société supérieure, dont les communications, parmi les agitations de la société politique et militaire, étaient plus habituelles qu'on ne serait disposé à le croire au premier abord. Les innovations liturgiques de Saint-Gall furent goûtées, adoptées et imitées dans les grandes abbayes de la chrétienté occidentale. Saint-Martial de Limoges, notamment, dès le x<sup>e</sup> siècle, devint pour les tropes comme une seconde patrie. Les tropes dialogués, en particulier, y furent cultivés avec ardeur. C'est à Saint-Martial que nous voyons

(1) Cf. Ozanam, *La Civilisation chrétienne chez les Francs*. Paris, Jacques Lecoffre, 1849, in-8°, pp. 485-488. — Léon Gautier, *Histoire de la poésie liturgique au Moyen Age. Les Tropes, passim*. — *Paléographie musicale*, par les Bénédictins de Solesmes, t. I, p. 37 et suiv.

paraître un nouveau trope de l'introït de Noël, imité du trope dialogué de Pâques cité tout à l'heure, et destiné à une aussi haute fortune : « Qui cherchez-vous dans la crèche, dites, bergers ? — *On répond* (*Respondent*) *:* « Le Sauveur, le Christ, notre Seigneur, un enfant enveloppé de langes, selon la parole angélique. » — *On répond :* « Le voici, ce petit enfant, avec Marie, sa mère, dont Isaïe a prophétisé en ces termes : « Voici qu'une Vierge concevra et enfantera un fils ». Allez, annoncez sa naissance. — *On répond :* « Alleluia ! alleluia ! Nous savons vraiment que le Christ est né sur la terre. Chantez donc tous avec le Prophète : « Un enfant nous est né ».

Si l'on suppose qu'une action et une mise en scène appropriées aient été adaptées à ces dialogues, le germe dramatique est éclos. Cette adaptation eut lieu en effet, sinon tout à fait à l'origine, tout au moins de très bonne heure. Pour le dialogue de Pâques une des plus anciennes adaptations de ce genre a été signalée par M. Wilhelm Creizenach dans le *Liber consuetudinum*, recueil composé en 967 pour l'usage des monastères anglais et attribué à saint Dunstan (1). L'auteur y déclare avoir mis à profit les coutumes reçues dans les monastères du continent, notamment à Fleury-sur-Loire et à Gand. Le dialogue en question y est lié d'une façon tout à fait dramatique à la figuration du saint tombeau, où la croix était solennellement déposée le Vendredi Saint et d'où on l'enlevait dans la nuit de Pâques. Quant au dialogue de Noël, une figuration de la crèche de Bethléem ne tarda pas beaucoup sans aucun doute à lui fournir un cadre semblable. Ainsi naquirent les deux offices dramatiques du *Sépulcre* et des *Pasteurs*, dont le succès fut tel qu'ils passèrent des coutumes monastiques dans les rituels de la plupart des dio-

(1) W. Creizenach, *Geschichte des neueren Dramas*, t. I, pp. 48-49. — Migne, *Patrologia latina*, t. CXXXVII, pp. 475 et suiv., 493, 495.

cèses et furent considérés, durant tout le Moyen Age et au delà, comme faisant presque partie de la liturgie ordinaire et consacrée.

L'instinct dramatique, contenté mais accru par cette éclosion, réclama bientôt des satisfactions plus amples. Les principes posés dans les premières représentations dialoguées, furent développés dès le xe siècle et plus encore dans le courant du xie, selon une logique et par des procédés très intéressants, mais que les proportions nécessaires de ce travail ne nous permettent pas de suivre. Nous nous bornerons donc ici à constater l'établissement, non seulement dans les monastères, mais dans les cathédrales et collégiales, de deux cycles de drames liturgiques, plus ou moins étendus et plus ou moins ornés, selon les temps et les lieux, dans leur texte et dans leur mise en scène, et se rapportant aux deux grandes fêtes de l'année ecclésiastique : Noël et Pâques. Le cycle de Noël comprit le drame de l'*Adoration des Bergers*, développement du primitif *office des Pasteurs*, le drame de *Rachel ou des Saints Innocents*, rattaché à la liturgie du 28 décembre, et le drame de l'*Adoration des Mages*, représenté le jour de l'Epiphanie, et où l'on ne craignit pas, d'assez bonne heure, de donner place au personnage d'Hérode, le tyran jaloux du Messie. Par un développement nouveau, il arriva qu'en tel ou tel endroit on réunit en un seul, à cette dernière fête, les trois drames précités. Le cycle de Pâques comprit le drame de la *Résurrection*, développement du primitif *office du Sépulcre*, et le drame des *Voyageurs*, c'est-à-dire la représentation de la rencontre du Christ ressuscité avec deux de ses disciples sur le chemin d'Emmaüs. Cette représentation avait lieu dans les églises le lundi ou le mardi de Pâques.

Selon ce qui vient d'être exposé, c'est par le moyen du chant alterné, appliqué en forme de dialogue aux tropes, puis adapté à une action et à une mise en scène concordantes au texte interprété de cette sorte, que les éléments dramatiques renfermés dans la liturgie catholique ont abouti à la constitution du drame proprement dit. Ce moyen ne fut pourtant pas le seul. Il y faut joindre, comme une cause très importante du même effet, un autre procédé, d'ailleurs analogue : la récitation à plusieurs voix. Un exemple frappant de ce procédé nous est offert encore aujourd'hui par la façon dont est récitée la Passion à divers offices de la semaine sainte. Perfectionné par l'adaptation plus détaillée, plus exacte encore des différentes voix aux différents personnages qui figurent dans le récit, il conduisait tout naturellement et pour ainsi dire tout doucement au drame. Ce perfectionnement eut lieu, en effet, il n'y a guère lieu d'en douter, dans les rites monastiques du haut Moyen Age. Il ne fut pas appliqué seulement à la Passion, mais à d'autres récitations ou *leçons* liturgiques. Ce fut le cas, par exemple, d'un sermon faussement attribué à saint Augustin et qui avait été inséré, à titre de leçon, dans l'office de la nuit de Noël. Un certain nombre de prophètes de l'Ancien Testament y étaient évoqués pour rendre témoignage au Christ. Chaque prophète eut d'abord sa voix, puis son personnage distinct. De là une représentation dialoguée des *Prophètes du Christ* qui, remaniée, parée, enrichie de diverses façons dans son texte et sa mise en scène, vint prendre sa place en diverses églises monastiques ou cathédrales parmi les drames liturgiques du cycle de Noël.

A prendre les choses dans leur ensemble et selon une appréciation qui, dans la complexité extrême et inévitable des faits, ne peut être qu'approximative, l'existence florissante du drame liturgique dans le domaine de l'Eglise latine s'étend sur une période d'environ quatre cents ans, de la fin du IX$^{e}$ à la fin du XIII$^{e}$ siècle. Cette période, sous les mêmes réserves, peut être subdivisée ainsi qu'il suit. Durant le X$^{e}$ et une partie du XI$^{e}$ siècle, les représentations liturgiques sont un élément d'autant plus important de la civilisation générale qu'elles sont la manifestation principale et, à certains égards, unique du théâtre renaissant. Dès la fin du XI<sup>e</sup> siècle et durant tout le XII<sup>e</sup>, si leur splendeur persiste et même augmente, toutefois, au point de vue dramatique, une concurrence redoutable leur est faite par les jeux scolaires, issus d'elles-mêmes, et qui attirent de jour en jour davantage l'attention publique. Une autre concurrence, plus redoutable encore, est née au XII<sup>e</sup> siècle et se développe au XIII<sup>e</sup>, de façon à rejeter de plus en plus dans l'ombre le vieux drame liturgique ; c'est le drame religieux en langue vulgaire. A partir du XIV<sup>e</sup> siècle commence pour le drame liturgique l'ère de la décadence, qui se prolonge plus ou moins longtemps selon les pays, selon les églises. Le trait caractéristique de cette nouvelle et dernière période, c'est, eu égard aux méfiances croissantes de l'autorité ecclésiastique et de l'austérité pieuse, justement éveillées par certains abus, la réduction, par un retour en arrière, des représentations liturgiques de Noël et de Pâques aux figurations plus simples et plus en accord avec la pureté des rites canoniques, c'est-à-dire aux anciens offices dramatiques du *Sépulcre* et des *Pasteurs*.

Comme échantillon du drame liturgique, dans une de ses formes demeurées primitives et les moins suspectes d'exagération théâtrale, nous reproduirons le texte de la *Visite au tombeau* selon l'usage de Sens (1). La représentation avait lieu aux Matines de Pâques. Les indications scéniques ont été complétées à l'aide du rituel de Rouen.

Trois chanoines, ou trois prêtres, vêtus de dalmatiques, la tête entortillée dans leurs amicts ou fichus de lin, tenant en main des vases où sont des par-

(1) Cf. EDÉLESTAND DU MÉRIL, *Origines latines du théâtre moderne*. Paris, 1849, in-8°, pp. 96, 98-100. — Le plus récent et le plus complet recueil des drames liturgiques de Pâques est celui qui a été publié par M. K. Lange. Munich, 1887.

fums, représentent les saintes femmes. Ils se dirigent processionnellement vers le grand autel qui figure ici le sépulcre, et le chœur chante pendant ce temps-là le cantique suivant :

« La prescience divine a choisi pour le court espace d'un samedi, non loin de la cité sainte, un jardin.

« Jardin nullement remarquable par l'abondance variée de ses fruits, mais que la puissance miraculeuse qui devait s'y manifester a rendu égal au Paradis.

« Là un grand décurion, un noble centurion a enseveli la fleur née de la Vierge Marie dans son propre tombeau.

« Or, cette fleur, qui fleurit avant tous les siècles, a refleuri, le troisième jour, hors du sépulcre, aux premières lueurs de l'aube. »

Un enfant de chœur, vêtu d'une aube et d'une étole, assis dans une petite chaire placée à gauche de l'autel, figure un ange, et s'adressant aux trois Maries :

« Qui cherchez-vous dans le sépulcre, ô servantes du Christ ? »

Les trois Marie fléchissent le genou et répondent tout d'une voix :

« Jésus de Nazareth, le crucifié, ô habitants du ciel. »

L'ange alors, soulevant le tapis de l'autel, comme s'il regardait dans le tombeau :

« Il n'est point ici, il est ressuscité comme il l'avait prédit ; allez, annoncez qu'il est ressuscité. »

Les trois Marie redescendent vers le chœur en chantant :

« Le Seigneur est ressuscité aujourd'hui ; il est ressuscité, le lion fort, le Christ, fils de Dieu. »

Mais, deux vicaires, vêtus de chapes de soie, les arrêtent et les interrogent :

« Dis-nous, Marie, qu'as-tu vu dans le chemin ? (1) »

(1) On reconnaît ici la seconde partie de la célèbre prose de Pâques : *Victimæ paschali laudes.*

« J'ai vu le sépulcre du Christ vivant, répond la première, j'ai vu la gloire du Christ ressuscité. »

« Témoins en soient les anges, ajoute la seconde, le suaire et les vêtements. »

« Le Christ est ressuscité, dit la troisième, le Christ, notre espérance, il précédera les siens en Galilée. »

Les deux vicaires reprennent :

« Mieux vaut croire ce témoin unique, Marie, qui est sincère, que la foule menteuse des juifs. »

Tout le chœur chante à l'unisson :

« Nous savons que le Christ est vraiment ressuscité ; ô Roi victorieux, aie pitié de nous. »

Puis l'on entonne le *Te Deum*.

## CHAPITRE II

### LES JEUX SCOLAIRES

Les écoles épiscopales ou canoniales et les écoles monastiques ont été les centres à peu près exclusifs de l'enseignement secondaire et de l'enseignement supérieur durant les premiers siècles du Moyen Age, et ces deux enseignements s'y confondirent d'abord ou s'y succédèrent sans distinction bien nette. Aussi le nombre des écoliers y était-il considérable, d'autant plus que, dans les monastères eux-mêmes, les jeunes gens destinés à demeurer dans le monde étaient admis tout au moins aux écoles extérieures de l'abbaye, distinctes de l'école intérieure, réservée aux novices, aux futurs religieux. C'était le cas à Saint-Gall dès le IXe siècle. « A l'intérieur du monastère, disent les doctes auteurs de la *Paléographie musicale*, est établie une école pour enseigner aux jeunes moines les éléments des sciences profanes et religieuses, tandis que les laïques et les ecclésiastiques sont admis, en dehors du monastère et dans des conditions spéciales, à suivre les leçons données aussi par des moines. Dans le fameux plan de l'an 820, qui nous a été conservé, et qui donne le détail des bâtiments du monastère, on peut voir, auprès de la pharmacie, du logement des médecins et des ateliers, l'école *externe*, et, auprès de l'église, l'école *interne* (1). »

Un curieux mouvement, tendant, pour ainsi parler, à une *extériorité* plus grande encore, se produisit, en France du moins, dans la seconde moitié du XI^e^ et s'accentua au XII^e^ siècle. Ce fut comme une sorte de projection de plus en plus ample, de ramification au dehors en écoles nouvelles, des anciennes écoles établies dans les cathédrales, les collégiales ou les abbayes. Sur ces écoles vinrent, en outre, comme se greffer, au moyen de l'autorisation expresse ou tacite des évêques, des abbés ou des prieurs, ou des chefs officiels des établissements scolaires déjà placés sous leur dépendance, les leçons à peu près libres de tel ou tel maître en renom, groupant autour de lui, parfois en plein air, des disciples de bonne volonté. De cette puissante expansion scolaire l'histoire nous a conservé un bien singulier exemple dans cette première communauté du Paraclet, où accoururent autour de la chaire d'Abélard, sur les bords de l'Ardusson, une foule d'auditeurs enthousiastes. « Abandonnant cités et bourgs, dit le maître avec complaisance, ils vinrent habiter ma solitude. Au lieu d'amples demeures, ils se contentèrent de petites cabanes construites par eux-mêmes ; au lieu de mets délicats, ils vécurent d'herbes agrestes et de pain grossier ; au lieu de molles couches, ils se reposèrent sur le chaume et la paille amoncelés ; en guise de tables, ils se servirent de tertres de

(1) Ouvrage cité, p. 62.

gazon (1). » — On voit d'abord combien une telle diffusion dut augmenter le nombre et l'importance de la population scolaire.

Les études, dans les écoles épiscopales et monastiques, étaient interrompues et égayées par des fêtes, en rapport, naturellement, avec le cours de l'année liturgique. Les deux époques de Noël et de Pâques étaient, notamment pour les écoliers, deux périodes de réjouissances en même temps que d'exercices religieux. Les drames liturgiques, cela va sans dire, avaient en eux dès l'origine des partisans déterminés. Ils en étaient de chauds adeptes et y remplissaient même çà et là certains rôles. L'instinct dramatique, très vif chez cette jeunesse, lui suggéra, ainsi qu'à ses maîtres, l'idée de donner aux résultats obtenus déjà une extension encore plus grande, de façon à faire des représentations religieuses, développées et vivifiées, des divertissements périodiques et en même temps d'utiles exercices littéraires et musicaux. On amplifia dans ce sens les deux cycles déjà existants et l'on transforma dans les grandes écoles, en relâchant, sans les rompre, les liens qui les rattachaient aux cérémonies du culte, les drames liturgiques en jeux scolaires. Ainsi se constituèrent peu à peu, en vertu de progrès divers, d'imitations et d'innovations variées, dont l'étude serait ici hors de sa place, les jeux latins de la *Nativité* à Noël et de la *Résurrection* à Pâques.

Le relâchement du lien liturgique ouvrit la voie à de nouveaux pas en avant du drame. Pour la *Passion*, par exemple, le caractère des offices de la semaine sainte n'avait pas permis, du moins en général, de s'avancer au delà des récitations à plusieurs voix, avec une appropriation plus ou moins détaillée du texte sacré aux divers personnages qui

(1) Cf. notre ouvrage intitulé : *Saint-Gildas de Ruis. Aperçus d'histoire monastique*, Paris, Téqui, 1900, in-12, pp. 108 et suiv., 160, 161.

y figurent. Mais, dans les jeux scolaires, on n'hésita plus, en transportant la représentation aux fêtes de Pâques, à dégager tout à fait le dialogue du récit, à faire de la *Passion* le prologue naturel de la *Résurrection*, et à amplifier même ce nouveau drame par l'adjonction de scènes empruntées à la période antérieure de la vie du Rédempteur.

L'un des drames liturgiques du cycle de Noël, les *Prophètes du Christ*, devint entre les mains de la jeunesse des écoles l'objet d'un déploiement dramatique aussi vaste que fécond. Le nombre des prophètes fut augmenté, le rôle de quelques-uns d'entre eux amplifié et dramatisé selon les données de la Bible, enfin un certain ordre chronologique fut établi, pour présenter aux spectateurs la chaîne symbolique non seulement de prophéties, mais de préfigurations, qui s'étend depuis Adam jusqu'à Jésus-Christ. Tout en y laissant la marque apparente de la chaîne dont il s'agit, les écoliers représentèrent en des drames à part les traits principaux de la vie de certains prophètes. C'est ainsi que deux jeux sur *Daniel* nous sont parvenus, l'un composé et représenté par les étudiants de Beauvais ; l'autre, qui est l'œuvre d'un disciple d'Abélard, nommé Hilaire, l'un des membres principaux de la communauté austère et studieuse d'abord, mais bientôt agitée et turbulente du Paraclet. On en vint, d'autre part, à ne plus faire du défilé des *Prophètes* qu'un épilogue à la représentation de la création et de la chute d'Adam et même de la création et de la chute des anges. Tel fut le sujet d'un jeu représenté, le 7 février 1194, à Ratisbonne, sans doute par les élèves de l'école épiscopale de ce célèbre évêché. Enfin, il semble qu'on alla dès lors jusqu'à juxtaposer, sous le titre de *jeu des prophètes*, une série de drames empruntés à divers récits de l'Ancien Testament. C'est, du moins, ce qui semble résulter d'une représentation donnée en 1204 à Riga, en pays slave, pour aider à la conversion de la population païenne. Dans cette représentation, que la chronique dénomme *ludus prophetarum ornatissimus*, étaient notamment figurées la lutte de Gédéon contre les Philistins, les guerres de David et d'Hérode (1).

Comme le jeu de *Daniel* du drame des *Prophètes du Christ*, de la *Passion* amplifiée dériva un jeu scolaire de *Lazare*, où était représenté le sujet éminemment dramatique de la mort de cet ami de Jésus et de sa résurrection par le Sauveur. Il nous est également parvenu deux versions de ce jeu, ce qui paraît attester qu'il a eu beaucoup de succès : l'une est due, comme l'un des *Daniel*, à Hilaire ; l'autre a été composée à l'usage de la célèbre abbaye de Fleury-sur-Loire.

Etendant plus loin encore le champ de leur activité dramatique, les maîtres et les étudiants des grandes écoles abordèrent des sujets d'un caractère symbolique. Ainsi, à Saint-Martial de Limoges, le drame de l'*Epoux*, où est mise en scène la belle parabole des vierges sages et des vierges folles. Ainsi, en Allemagne, à Tegernsée, le curieux et original « jeu pascal de l'Antechrist, *ludus paschalis Antichristi* », où les préoccupations ecclésiastiques, nationales et politiques du XIIe siècle se font jour parmi la figuration conjecturale des derniers jours de l'humanité, à la veille du jugement dernier.

Enfin, les étudiants exploitèrent un nouveau domaine théâtral par la représentation de tout ou partie de l'histoire ou de la légende des saints qu'ils avaient pour patrons, et dont les fêtes étaient célébrées par des réjouissances spéciales dans les écoles

(1) Cf. Wilhelm Creizenach, ouvrage cité, pp. 67 et suiv., 70, 71 et suiv. — La théorie exposée par nous naguère sur les développements du drame des *Prophètes du Christ*, et assez généralement admise, a été tout récemment contestée, en termes nullement courtois, par M. Wilhelm Meyer (de Spire), professeur à l'Université de Gœttingue. Nous la maintenons néanmoins.

épiscopales et monastiques. Nous avons connaissance d'un *jeu de sainte Catherine*, composé dans les premières années du XII<sup>e</sup> siècle, par un docte écolâtre, Geoffroi du Mans, et représenté, ce semble, par les écoliers de l'abbaye anglaise de Saint-Alban. Mais le texte ne nous en est pas parvenu. Nous ne possédons, au contraire, pas moins de quatre jeux dramatiques sur autant d'épisodes de la légende de saint Nicolas, tous représentés à l'abbaye de Fleury-sur-Loire. L'un de ces épisodes a été aussi traité de façon analogue par Hilaire. Enfin, la *conversion de saint Paul* a encore fourni aux étudiants de Fleury le sujet d'une composition et d'une représentation dramatiques.

Parmi les jeux scolaires il en était, surtout à l'origine, qui se distinguaient à peine des drames liturgiques antérieurs. Ils furent donc, comme ceux-ci, représentés dans l'intérieur de l'église, qui même, vu l'étendue des basiliques épiscopales ou monastiques, fournirent encore une scène suffisante à des représentations plus développées. Néanmoins, on se vit bientôt amené à prendre pour théâtre, partiel ou total, les cloîtres attenant à ces basiliques, ou même les parvis devant la grande entrée. La destination du jeu de Riga conduisit les acteurs plus loin et jusqu'au milieu de la ville. Hilaire fit peut-être représenter ses œuvres en plein air, sur les bords de l'Ardusson. La mise en scène des jeux scolaires, procédant de celle des drames liturgiques, devint pourtant plus détaillée, plus appropriée. Les vêtements sacerdotaux fournissaient encore aux costumes une ample contribution. Ainsi Geoffroi du Mans, pour son *jeu de sainte Catherine*, avait obtenu du sacristain de Saint-Alban le prêt des chapes de chœur, qui, même, dans la nuit qui suivit la représentation, furent détruites par un incendie. Les spectateurs n'étaient pas composés seulement de tout le personnel, si nombreux déjà, des abbayes, des églises, cathédrales ou collégiales, et de leurs écoles, mais encore des populations environnantes, largement admises à ce spectacle, dont leur affluence rehaussait l'intérêt et l'éclat. La présence d'une foule laïque, en même temps que le plaisir même des écoliers, qui trouvaient une joie nouvelle dans ce bizarre mélange d'idiomes, amena dans le texte latin des jeux scolaires, sous forme de refrains, d'intercalations, d'interprétations et de paraphrases, l'introduction de la langue vulgaire. Nous en avons la preuve formelle, pour la France, dans le drame de l'*Epoux*, dans le *Daniel* des étudiants de Beauvais (1) et dans les compositions d'Hilaire; pour l'Allemagne, dans le curieux *jeu de la Passion* de Benedictbeuern.

L'époque de splendeur des représentations scolaires, celles où ces jeux d'étudiants sont dans la chrétienté latine la manifestation principale de l'instinct dramatique et la forme capitale du théâtre public, c'est le XIIe siècle, surtout la première moitié. Toutefois, elles demeurent encore florissantes dans un espace de temps qui varie selon les pays, mais qui, en France, ne dépasse guère le milieu du XIIIe siècle. Deux causes, dans notre pays, contribuèrent surtout à leur décadence. Ce fut, en premier lieu, l'apparition, puis la rapide croissance, dans la seconde moitié du XIIe et tout le cours du XIIIe siècle, des représentations dramatiques entièrement en langue vulgaire, dues, croyons-nous, à l'initiative des confréries. Ce fut, en second lieu, la décadence même des anciennes écoles épiscopales et monastiques, amenée par l'institution, la prospérité rapide, la renommée et l'influence de plus en plus prépondérantes de l'Université de Paris.

Comme échantillon du théâtre scolaire du haut Moyen Age, nous citerons ici l'un des *Miracles de saint Nicolas*, représentés à Fleury-sur-Loire. La

(1) Cette curieuse pièce a été publiée avec la musique dans le recueil de Coussemaker : *Drames liturgiques au Moyen Age*, Rennes, 1860, in-4°.

pièce est en vers latins rythmiques, distribués en quatrains de même mesure. Elle est destinée à être chantée. On n'y compte que six personnages, détachés, pour ainsi dire, du chœur liturgique présent à la représentation, et divisés en trois groupes, l'un composé de trois *clercs* ou écoliers, l'autre d'un vieillard et de sa femme, le troisième, enfin, d'un seul acteur, saint Nicolas.

LE PREMIER ÉCOLIER

« Nous que le désir d'étudier les belles-lettres a conduits chez les nations étrangères, tandis que le soleil montre encore sa lumière, cherchons quelque gîte hospitalier.

LE SECOND ÉCOLIER

« Déjà le soleil pousse ses chevaux sur le rivage ; tout à l'heure il va plonger son char dans les flots. Ce pays nous est inconnu ; cherchons quelque gîte où l'on nous accueille.

LE TROISIÈME ÉCOLIER

« Voici devant nos yeux un vieillard dont la sagesse a dû être mûrie par l'âge ; peut-être, ému par nos prières, consentira-t-il à nous faire sous son toit un accueil hospitalier.

LES TROIS ÉCOLIERS *ensemble au vieillard.*

« Cher hôte, poussés par le désir de l'étude, abandonnant notre patrie, nous sommes arrivés en cet endroit. Accorde-nous l'hospitalité durant l'espace de cette nuit.

LE VIEILLARD

« Que le Créateur de toutes choses vous serve d'hôte! Pour moi, je ne vous donnerai point d'abri. Je n'y trouverais aucun profit, mais plutôt, à l'heure présente, une véritable importunité.

LES ÉCOLIERS *à la vieille.*

« Que nous obtenions par ton entremise, chère dame, ce que nous demandons, quoique ce doive être sans profit pour vous : peut-être, pour récompenser ce bienfait, Dieu vous accordera-t-il un enfant.

LA VIEILLE *au vieillard.*

« La charité, à défaut d'autre motif, nous invite, cher époux, à donner un gîte à ces jeunes gens qui errent ainsi, cherchant la science. Il n'y a pas de profit, mais il n'y a pas de risque.

LE VIEILLARD *à sa femme.*

« Allons, je me rends à ton avis ; je consens à les honorer de mon hospitalité.

*Aux écoliers.*

« Entrez donc, écoliers, je vous accorde votre demande.

LE VIEILLARD *à sa femme, après que les clercs sont endormis.*

« Ne vois-tu pas de quelles bourses ils sont pourvus ? Il doit y avoir dedans beaucoup d'argent : sans que personne le sût, nous pourrions nous approprier cette somme.

LA VIEILLE

« Pendant toute notre vie, ô mon mari, nous avons porté le fardeau de la pauvreté ; mais si nous nous décidons à faire mourir ceux-ci, nous éviterons désormais l'indigence.

« Tire donc ton glaive, et tue-les pendant leur sommeil. Tu seras riche pour toute ta vie, et personne ne saura ce que tu auras fait. »

Ici se plaçait un jeu de scène. Le vieillard tuait les écoliers et faisait disparaître leurs cadavres. Mais voici qu'un nouveau voyageur se présente.

SAINT NICOLAS

« Moi, pèlerin, fatigué d'un long voyage, il ne m'est pas possible d'aller plus loin pour aujourd'hui. Je t'en prie donc, accorde-moi l'hospitalité durant l'espace de cette nuit.

LE VIEILLARD *à sa femme.*

« Dois-je honorer celui-ci de mon hospitalité, chère épouse, à ton avis ?

LA VIEILLE

« Son apparence donne une trop bonne idée de lui pour qu'il ne soit pas digne d'être abrité sous ton toit.

LE VIEILLARD

« Pèlerin, approche, entre. Tu parais un homme de condition illustre. Si tu le désires, je te donnerai à manger. Tout ce que tu voudras, je tâcherai de te le procurer.

SAINT NICOLAS *à table.*

« Je ne puis rien manger de tout cela. Je voudrais de la viande fraîche.

LE VIEILLARD

« Je te donnerai toute la viande que je possède. Mais pour de la fraîche, je n'en ai pas.

SAINT NICOLAS

« Tu viens de faire un impudent mensonge. Tu as de la chair récente, trop récente, et tu l'as par suite d'un grand crime, d'un meurtre que la cupidité t'a fait commettre.

LE VIEILLARD ET SA FEMME, *ensemble*.

« Aie pitié de nous, nous t'en supplions. Nous voyons bien que tu es un saint du ciel. Notre crime est abominable. Cependant Dieu peut nous le pardonner.

SAINT NICOLAS

« Apportez les cadavres, et que vos cœurs soient contrits ! Par la grâce de Dieu, ceux-ci ressusciteront. Que vos larmes implorent votre pardon !

*Prière de saint Nicolas.*

« Dieu bon, à qui sont toutes choses, le ciel, la terre, l'air et l'océan, commande que ces morts ressuscitent, et pardonne à ces pécheurs qui t'implorent.

« *Et ensuite que tout le* CHŒUR *entonne* :

« *Te Deum laudamus* (1). »

## CHAPITRE III

### LES MYSTÈRES FRANÇAIS

Bien que ce soit seulement dans la dernière période du théâtre religieux en langue française que le mot *mystère* fut communément appliqué aux représentations de cette nature, c'est néanmoins un usage consacré de désigner ainsi les drames français du Moyen Age de l'ordre le plus élevé.

Notre opinion est que dans notre pays, ou, plus généralement, dans les pays de langue française, l'institution de représentations entièrement en langue

(1) Edélestand du Méril, recueil cité, p. 262 et suiv.

vulgaire est l'œuvre de confréries pieuses, demi-cléricales, demi-laïques, et se rattachant, par leur origine ou par leur objet, aux églises et aux abbayes qui avaient été, qui demeuraient encore les centres des drames liturgiques et des jeux scolaires. Malgré des différences très sensibles, l'imitation des uns et des autres, et notamment de ces derniers, nous paraît manifeste dans les plus anciens monuments du drame français qui soient parvenus jusqu'à nous. Les traces d'un lien avec le culte, quoique de moins en moins apparentes, n'y sont pourtant pas méconnaissables. Et même ce sont encore, au début, les coutumes rituelles qui fournissent en partie le cadre et les procédés de la figuration et de l'exposition scéniques. C'est à la liturgie qu'on demande d'abord les éléments d'une dramaturgie.

Nul document n'est plus intéressant, à cet égard comme à tous les autres, que le précieux texte de la *représentation d'Adam* (1), composée et jouée au XIIe siècle en Angleterre, où l'invasion victorieuse de Guillaume de Normandie avait implanté les coutumes et la langue françaises, au point que celle-ci faillit demeurer pour toujours l'idiome de la monarchie et de la nation anglaises. Depuis la mise en lumière du manuscrit, conservé à la bibliothèque de Tours, où il était resté longtemps inutilisé, cette pièce a été maintes fois étudiée, analysée, citée. L'auteur, demeuré anonyme, un ecclésiastique sans aucun doute, chef probablement de la confrérie qui lui fournit le personnel nécessaire à son jeu, était un dramaturge habile et un poète de mérite. La scène de la tentation d'Eve, dont le démon capte fort habilement la bienveillance, en faisant l'éloge de sa beauté et de son « grand sens » et en lui disant du mal de son mari, est devenue de nos jours presque

(1) La plus récente et meilleure édition en a été donnée par M. Karl Grass. Halle, 1891, in-8°. — La première avait été due à M. Luzarche. Tours, 1854, in-8°.

célèbre. Combien de fois surtout n'en a-t-on pas reproduit et loué le passage suivant :

LE DIABLE

« Tu es faiblette et tendre chose ; — tu es plus fraîche que la rose ; — tu es plus blanche que le cristal ; — que la neige tombant sur la glace en un vallon ; — mauvais couple fit en vous le Créateur ; — tu es trop tendre et Adam trop dur ; — mais néanmoins tu es plus sage ; — ta volonté est de grand sens ; — aussi fait-il bon venir à toi... »

La figuration de la chute d'Adam et d'Eve est suivie dans cette représentation de celle de la jalousie et du crime de Caïn, et le jeu se termine par le défilé des prophètes du Christ.

C'est également en Angleterre, dans la seconde moitié du XII<sup>e</sup> siècle, qu'a été versifiée, pour une confrérie, une *Résurrection* française, dont une partie seulement nous est parvenue (1). Elle est conçue, selon notre avis, dans le système des anciennes récitations ou leçons liturgiques, dont les jeux scolaires avaient certainement conservé des traces. Le dialogue, d'ailleurs, y est tout à fait prédominant et les quelques phrases, versifiées aussi, de narration qui s'y intercalent, ne sont plus guère, en fait, que des indications scéniques, destinées à aider la mémoire des acteurs et l'intelligence des spectateurs. La pièce est précédée d'un très curieux prologue, où nous apparaît assez clairement décrit le système de mise en scène *simultanée* qui devait régner durant tout le Moyen Age et se perpétuer encore au delà.

« En cette manière récitons — la sainte résurrec-

(1) Nous en avons donné une traduction intégrale dans notre travail intitulé : *Les plus anciens drames en langue française*, inséré dans nos *Origines catholiques du théâtre moderne*. Voyez p. 145 et suiv. — On en trouvera le texte, ainsi que celui des pièces de Jean Bodel et de Rutebeuf, dans le recueil intitulé : *Théâtre français au Moyen Age*, publié par MM. Monmerqué et F. Michel. Didot, gr. in 8°.

tion. — Premièrement disposons — tous les lieux et les demeures : — le crucifix premièrement — et puis après le tombeau. — Il doit y avoir une geôle — pour enfermer les prisonniers. — Que l'enfer soit mis de ce côté ; — les demeures de l'autre — et puis le ciel, et sur les sièges — d'abord Pilate avec ses vassaux ; — il aura six ou sept chevaliers. — Caïphe sera sur l'autre. — Avec lui soit la Juiverie. — Puis Joseph d'Arimathie. — Au quatrième lieu soit le seigneur Nicodème. — Chacun a près de soi les siens. — Au cinquième les disciples du Christ. — Que les trois Marie soient sur le sixième. — Que l'on pourvoie à figurer — la Galilée au milieu de la place. — Que l'on y figure encore Emmaüs, — où Jésus fut à l'hôtel conduit. — Et quand les gens sont tous assis — et la paix mise de toute part, — que le seigneur Joseph, celui d'Arimathie, — vienne trouver Pilate et qu'il lui dise... »

Vers la même époque, dans la France propre, le drame religieux en langue vulgaire se présente à nous sous une forme déjà singulièrement avancée dans le *jeu de saint Nicolas*, de Jean Bodel d'Arras, poète distingué, qui a cultivé les principaux genres de la poésie d'alors. Il a traité dans cette pièce le même sujet qu'Hilaire et l'auteur ou l'un des auteurs anonymes des jeux scolaires de Fleury-sur-Loire. Bodel lui-même était, sans aucun doute, un lettré, un clerc, un écolier devenu trouvère. Il avait probablement pris part, quand il était étudiant, aux jeux dramatiques latins représentés, notamment à la Saint-Nicolas, dans la grande abbaye de Saint-Vaast. Il s'est inspiré de ce souvenir, mais d'une façon fort originale, dans son *jeu* français, composé pour une confrérie dont saint Nicolas était le patron et qui se rattachait peut-être à quelque corporation ou corps de métier. Son auditoire ne paraît pas avoir été d'un goût très austère et sans doute était fort mêlé. Les scènes de cabaret tiennent dans sa pièce une place énorme. En revanche, elle nous offre une scène d'un caractère et d'un mérite *cornéliens* et où a passé le grand souffle héroïque des croisades. Une armée chrétienne est en présence d'une armée païenne et sarrasine et le poète fait ainsi parler les chrétiens :

LES CHRÉTIENS

« Saint Sépulcre, à notre aide! Seigneurs, songeons à bien faire! — Sarrasins et païens viennent pour nous déconfire. — Voyez reluire les armes : tout mon cœur s'en éclaire de joie. — Or, combattons si bien que notre prouesse se montre. — Contre chacun des nôtres ils sont bien cent, à les compter.

UN CHRÉTIEN

« Seigneurs, n'en doutez pas, voici pour vous le jour du jugement; — je sais bien que nous y mourrons tous au service de Dieu; — mais je m'y vendrai bien cher, si mon épée ne se brise; — ni coiffe ni haubert ne garantiront un seul païen. — Seigneurs, que chacun se sacrifie aujourd'hui pour le service de Dieu! — Le paradis sera pour nous et eux, ils auront l'enfer. — Ayez soin, quand on en viendra aux mains, que leurs corps rencontrent nos fers.

UN CHRÉTIEN, *nouvellement armé chevalier*.

« Seigneurs, parce que je suis jeune, ne m'ayez pas en mépris; — on a vu souvent grand cœur en corps petit. — Je frapperai le brigand, je l'ai déjà choisi. — Sachez que je le tuerai, si tout d'abord il ne me tue. »

Alors un ange vient du ciel et s'adresse ainsi aux défenseurs de la bonne cause :

L'ANGE

« Seigneurs, soyez en toute assurance, — n'ayez doutance ni peur; — je suis messager de Notre-Seigneur, — qui vous mettra hors de douleur. — Ayez vos cœurs fermes et croyants — en Dieu. Il ne faut pas qu'à cause de ces mécréants, — qui vous viennent ici courir sus, — vous ayez au cœur autre chose que de l'assurance. — Mettez hardiment en péril vos corps — pour Dieu, car telle est la mort — dont doit mourir tout le peuple — qui aime Dieu de cœur et le croit.

LE CHRÉTIEN

« Qui êtes-vous, beau sire, qui ainsi nous réconfortez, — et si haute parole de Dieu nous apportez ? — Sachez que, si cela est vrai, ce que vous nous dites, — nous recevrons de pied ferme nos ennemis mortels.

L'ANGE

« Je suis un ange de Dieu, bel ami ; — pour vous réconforter il m'a ici envoyé. — Soyez en assurance, car, dans les cieux, — Dieu vous a marqué place entre ses sages élus. — Allez, vous avez bien commencé, — pour Dieu vous serez tous massacrés ; — mais vous aurez la haute couronne. — Je m'en vais, demeurez à la garde de Dieu. »

Sous les règnes de saint Louis et de Philippe-le-Hardi, un étudiant paresseux et joueur de l'Université de Paris, déjà florissante, jeta bas, lui aussi, sa robe de clerc, et se fit non seulement trouvère, mais jongleur. Il se nommait Rutebeuf et mena désormais dans la capitale la vie affamée d'un poète et d'un amuseur de profession. Connu pour son talent de versificateur, il lui arrivait de temps en temps quelques aubaines. De grands seigneurs, de riches bourgeois faisaient parfois accueil à ses poèmes lyriques, didactiques ou satiriques. De hautes dames lui commandaient la rédaction de pieux récits. Il reçut, un jour, d'une dévote association parisienne une commande analogue, mais dans le genre dramatique. Il consentit volontiers à mettre pour elle en rimes et en représentation la légende célèbre du clerc Théophile, qui avait vendu son âme au diable, mais que la Sainte-Vierge, touché de son repentir, avait arraché au pouvoir de Satan. Ce *miracle de Notre-Dame* avait déjà, cela est plus que probable, été dialogué en langue française, et avait même, sans doute, à une date encore antérieure, fourni le sujet d'un ou plusieurs jeux latins dans les écoles épiscopales ou monastiques. Comme nous ne possédons pas ces versions anciennes, le drame de Rutebeuf, assez médiocre d'ailleurs, est pour nous très précieux, comme le premier spécimen d'un genre qui, lié à la dévotion envers Marie, si particulièrement chère à nos ancêtres du Moyen Age, demeura en grande faveur.

Nous en avons la preuve dans l'ample et remarquable collection de *miracles de Notre Dame par personnages* (tel est le nom propre de ce genre particulier de mystères) que contiennent deux beaux manuscrits de la Bibliothèque nationale, et qui furent représentés au XIV<sup>e</sup> siècle pour l'édification et le divertissement d'une sorte de petite académie, d'un caractère à la fois religieux et littéraire, dont le siège paraît avoir été fixé dans le voisinage des Halles de Paris (1). Deux siècles plus tard, le même genre de pièces était encore goûté dans la capitale, comme l'atteste un autre manuscrit de la même bibliothèque, lequel renferme douze autres *miracles de Notre-Dame*, représentés presque d'année en année, de 1536 à 1550, par et pour les membres de la confrérie parisienne de Notre-Dame de Liesse, à l'occasion de la fête de la Nativité de la Sainte-Vierge. Cette confrérie avait son centre religieux à l'église de

(1) Le texte des quarante pièces de cette collection a été publié pour la Société des anciens textes français par MM. Gaston Paris et Ulysse Robert. Paris, Firmin Didot, 1876-1893, in-8°. — Il a fait l'objet d'une intéressante étude de M. Hermann Schnell : *Ueber der Abfassungsort der Miracles de Nostre Dame par personnages*. Marburg, 1886, in-8°. — Cf. le récent et remarquable ouvrage de M. Emile Roy, *Etudes sur le théâtre français du XIV<sup>e</sup> et du XV<sup>e</sup>* siècle, p. CXX et suiv.

l'hôpital du Saint-Esprit-en-Grève et son siège social dans une maison de la rue de la Vieille Tixeranderie. Son dramaturge attitré, Jean Louvet, était un officier judiciaire, un sergent à verge du Châtelet, qui exerçait en outre (cumul notable) la profession de grainetier-fleuriste (1).

Nous ne manquons pas, comme on le voit, d'échantillons du théâtre religieux en France aux XIII^e^ et XIV^e^ siècles. Mais ces quelques débris sont bien peu de chose en comparaison des pièces qui ont existé, des représentations qui ont eu lieu, et dont rien n'a subsisté pour nous que çà et là quelques mentions en des documents d'une autre nature. Cette vaste lacune est particulièrement regrettable pour ce qui concerne les mystères français se rattachant par leur origine aux anciens cycles liturgiques et scolaires des *Prophètes du Christ* ou de l'*Ancien Testament*, de la *Nativité*, de la *Passion* et *Résurrection* du Sauveur. Un mystère de la *Passion* en dialecte gascon où la *Résurrection* est comprise, et qui, conservé dans un manuscrit du XIV^e^ siècle (2), remonte peut-être, quant à son type originaire, à la seconde moitié du XIII^e^, nous donne un aperçu, mais bien peu suffisant, du progrès qui s'était accompli à cet égard dans le mouvement dramatique. C'est seulement par des inductions et des conjectures que nous pouvons essayer de nous faire une idée de la façon progressive dont s'opéra chez nous cette extension, d'une part, et de l'autre, cette concentration des matériaux du drame religieux qui, tout en laissant place aux représentations séparées de telle ou telle partie du cycle biblique et évangélique, considérée

(1) Emile Roy, ouvrage cité, p. 147.

(2) Ce manuscrit, acheté naguère par M. Ambroise-Firmin Didot, est aujourd'hui à la Bibliothèque nationale. — A la *Passion* gasconne se rattache, comme à l'une de ses sources, la collection de mystères en dialecte du Rouergue, publiée par MM. A. Jeanroy et H. Teulié : *Mystères provençaux du XV^e^ siècle*. Toulouse, Edouard Privat, 1893, in-8°.

isolément, produisit, dès les premières années du xv<sup>e</sup> siècle tout au moins, ces grandes, ces immenses, ces énormes compositions, dont la vogue extraordinaire alla toujours croissant durant ce même siècle et la première moitié du siècle suivant.

A un autre point de vue, mais convergeant avec celui-là, un fait capital se produisit dès le début (1402) de cette même époque. Une confrérie parisienne, dont l'origine est obscure, avait, à ce qu'il semble, depuis un certain temps, adopté pour son œuvre propre et son exercice capital, la représentation en diverses occasions propices de mystères dramatiques, et notamment de ceux qui avaient pour sujet la *Passion* et la *Résurrection* du Sauveur. Elle eut la bonne fortune d'intéresser à ses jeux le roi Charles VI, en quête de distractions à la maladie mentale dont il était affligé, et elle obtint de lui à la date susdite, au mois de décembre, des lettres patentes lui accordant une autorisation officielle et perpétuelle et une sorte d'investiture en qualité de théâtre royal et de théâtre public. Le siège religieux de la confrérie de la Passion était à l'église de la Trinité. Elle établit son siège dramatique dans un hôpital voisin, portant le même vocable et alors abandonné, à ce qu'il semble. La grande salle du rez-de-chaussée, large de six toises, longue de vingt et une toises et demie, et solidement construite en pierres de taille, fut disposée par les confrères en théâtre permanent. Des représentations d'une périodicité fixe et régulière y furent données par eux, moyennant paiement des places, aux habitants de Paris, grands partisans déjà de ce genre de plaisir, que le clergé, dans son ensemble, eu égard à l'origine et au caractère général de ce théâtre, non seulement permettait aux fidèles, mais même encourageait et ne craignait point de partager.

Un nouvel et vif élan fut imprimé aux compositions dramatiques par cette institution définitive des Confrères de la Passion en compagnie théâtrale, et, en même temps, comme nous l'avons dit, le goût des représentations publiques de mystères se développa de jour en jour davantage sur toute la surface du sol français. C'est alors qu'on voit se produire ces drames de plus en plus étendus, annoncés par nous tout à l'heure, et où se concentre et se délaie tout ensemble la matière du drame religieux. Eustache Mercadé, bachelier en théologie et docteur en droit canon, official de Corbie, compose et fait représenter, dans le premier quart du xv<sup>e</sup> siècle, une *Passion* en quatre journées et vingt-cinq mille vers, où la *Nativité* est comprise, aussi bien que la *Résurrection* et l'*Ascension* (1), et il y ajoute encore ensuite un mystère de la *Vengeance* en trois journées, où sont représentés, évidemment d'après des modèles antérieurs, le châtiment des Juifs déicides et la prise de Jérusalem par Titus.

Vers 1450, un maître ès-arts de la grande Université parisienne, étudiant à la Faculté de Théologie, Arnoul Greban, composa, sur la demande « d'aucuns de Paris », peut-être des Confrères de la Passion, un mystère divisé en quatre journées comme celui de Mercadé et comprenant à peu près la même matière, mais comptant près de dix mille vers de plus. C'est, du reste, une œuvre bien supérieure, beaucoup plus personnelle et plus littéraire, qui passa en son temps pour un chef-d'œuvre et valut à son auteur une immense renommée. Malgré le réel talent dont Greban çà et là fait preuve, il faut aujourd'hui quelque courage pour lire son drame tout entier. En deux endroits seulement il a touché presque au grand art : d'abord, dans ce chœur des démons, dans cette lamentation dantesque des suppliciés éternels :

(1) La *Passion* d'Eustache MERCADÉ, conservée dans un manuscrit de la bibliothèque d'Arras, a été publiée en 1893 par M. J.-M. Richard. Arras, imprimerie P.-M. Laroche, in-4°. L'attribution de ce texte à Mercadé, auteur de la *Vengeance*, est très vraisemblable, mais non absolument certaine. Cf. ouvrage cité, *Introduction*, p. VI et suiv.

La dure mort éternelle
C'est la chanson des dampnés ;
Bien nous tient à sa cordelle
La dure mort éternelle ;
Nous l'avons desservy (mérité) telle
Et à lui sommes donnés :
La dure mort éternelle
C'est la chanson des dampnés.

En second lieu, et plus encore, dans ce dialogue entre Judas et le démon que le traître a évoqué dans son désespoir :

LE DÉMON

Meschant, que veulx-tu que je face ?
A quel port veulz-tu aborder ?

JUDAS

Je ne çay : Je n'ai œil en face
Qui oze les cieulx regarder.

LE DÉMON

Se de mon nom veulx demander,
Briefment en aras démonstrance.

JUDAS

D'où viens-tu ?

LE DÉMON

Du parfont d'enffer.

JUDAS

Quel est ton nom ?

LE DÉMON

Désespérance (1).

Malgré son succès, la composition de Greban, au bout de quelque temps, parut un peu démodée. Le

(1) Le texte de la *Passion* de Greban a été publié en 1878 par MM. Gaston Paris et Gaston Raynaud. Paris, Vieweg, gr. in-8°. — Cf. notre étude sur ce sujet : *Origines catholiques du théâtre moderne*, p. 301 et suiv.

sujet fut alors repris et remanié par « très éloquent et scientifique docteur, maître Jean Michel », un médecin aux aptitudes dramatiques, dont l'œuvre fut représentée « triomphalement et somptueusement » dans la ville d'Angers, à la fin du mois d'août 1486. Cette *Passion*, en quatre journées, ne correspondait qu'aux journées deuxième et troisième du mystère de Greban, et atteignait pourtant au chiffre de trente mille vers. On y juxtaposa plus tard la première et la quatrième journées de Greban, un peu rajeunies, et on obtint de la sorte un drame en six journées et en soixante-cinq mille vers, qui fut représenté à Paris en l'année 1507 (1).

Arnoul Greban lui-même jugea sans doute un peu mesquines les proportions de sa première œuvre dramatique, car, ayant entrepris, en collaboration avec son frère Simon, de lui donner une suite, les deux auteurs atteignirent, ou peu s'en faut, dans leur mystère des *Actes des Apôtres*, le chiffre de soixante-deux mille vers, répartis entre près de cinq cents personnages. Le succès de ce mystère fut, pour ainsi dire, inépuisable. La représentation donnée dans l'amphithéâtre de Bourges en 1536, avec le concours enthousiaste du clergé et de la magistrature et un déploiement de faste inouï, ne dura pas moins de quarante jours.

D'autre part, l'antique scène des *Prophètes du Christ*, à travers toutes les extensions et remaniements qu'elle avait subis, aboutissait à la vaste compilation intitulée dans la première édition connue (vers 1500, il ne nous en est point resté de manuscrit) : « Le Mistère du Viel Testament par personnages, joué à Paris », et qui comprend, chiffre rond, quarante-neuf mille vers. Ce drame, ou, pour parler plus juste, cette série de drames commence par la création du ciel et de la terre, et se termine par l'an-

(1) Cf. Petit de Julleville, *Les Mystères*, t. II, p. 437 et suiv.

nonce faite à l'empereur Octavien (c'est Auguste) de la venue du Messie par les douze prophétesses appelées sibylles (1).

Durant cette même époque d'exubérante splendeur du drame religieux en France, c'est-à-dire de 1400 et surtout de 1450 à 1550 ou environ, aux mystères du cycle qu'on peut appeler biblique, s'ajoutent, dans une proportion dont les textes ou les mentions subsistantes ne peuvent nous donner qu'une légère idée, les représentations consacrées aux vies et miracles des saints, patrons des cités, des paroisses, des innombrables confréries alors florissantes. Ces représentations ont souvent le caractère d'une entreprise officielle et municipale. Des mesures administratives et même coercitives sont prises pour en assurer le succès. « Aucun événement, dit très bien M. Petit de Julleville (2), ne remuait plus profondément une ville que la représentation d'un mystère. D'abord le nombre immense des acteurs faisait qu'il y avait presque un rôle dans chaque famille, qui se trouvait ainsi directement intéressée au succès de l'entreprise ; ceux qui n'étaient pas acteurs voulaient au moins être spectateurs ; et, durant les jeux, la population tout entière s'entassait dans ces immenses théâtres, pour voir, sinon pour entendre. La ville demeurait déserte ; il fallait en fermer les portes, et la faire garder par des gens armés qui faisaient partout des rondes, pour empêcher que les maisons abandonnées ne devinssent la proie des voleurs. Qui eût voulu se désintéresser des jeux, n'en était même pas tout à fait libre ; l'autorité municipale faisait fermer les boutiques et souvent même défendait tout travail public et bruyant. »

Parmi les vies et miracles des saints, un certain nombre, ayant un caractère plus particulièrement

(1) Une excellente édition de ce mystère a été donnée pour la Société des anciens textes français par MM James de Rothschild et Emile Picot. Firmin Didot, 1878 et années suivantes, in-8°.

(2) Ouvrage cité, t. I, page 354.

historique et patriotique, pouvaient ouvrir la voie à un développement nouveau du théâtre de nos pères, qui, à côté du drame religieux, aurait ainsi donné place au drame qu'on pourrait appeler national. La transition vers ce genre à naître nous apparaît dans des mystères comme la *Vie de saint Louis*, dont il nous est parvenu deux versions distinctes : l'une, composée au xve siècle, peut-être pour les Confrères de la Passion, l'autre, au commencement du xvie, pour la confrérie des maçons et charpentiers de Paris, par le poète Pierre Gringore (1). La marche en avant de ce côté nous semble indiquée encore dans une œuvre telle que le *Mystère du siège d'Orléans*, représenté à Orléans même, assez peu de temps après la mort de Jeanne d'Arc, qui en est, ainsi qu'il convient, le principal personnage (2).

Une autre source de développement s'offrait encore à ce même théâtre de nos aïeux, que le drame religieux avait établi et où il tenait la première place : c'était la mise en œuvre dramatique des divers cycles de l'épopée du Moyen Age : gestes carolingiennes, geste de la Croisade, romans de la table ronde et d'aventures, récits légendaires sur l'antiquité grecque et romaine. Ce dernier cycle a fourni à un jeune étudiant de l'Université d'Orléans, au xve siècle, la matière d'une œuvre curieuse : « L'Istoire de la destruction de Troye la grant, translatée de latin en francoys, mise par personnages par maistre Jaques Millet » en trente mille vers. Le théâtre néo-celtique de notre Bretagne, s'il procède, comme tout conduit

(1) Ce dernier texte a été publié dans les *Œuvres complètes de Gringore*, t. II. par MM. A. de Montaiglon et J. de Rothschild. Paris, Paul Daffis, 1877, in-18. (Bibliothèque elzévirienne). Le premier n'a été l'objet que d'une édition tout à fait spéciale et tirée à petit nombre, donnée par M. Francisque Michel. Westminster, 1871, in-4° (pour le Roxburghe-Club).

(2) Le mystère du siège d'Orléans a été publié en 1862 dans la Collection des *documents inédits* par MM. F. Guessard et E. de Certain. Paris, imprimerie nationale, in-4°.

à le croire, de mystères français perdus, nous fournit la preuve que les autres cycles aussi avaient commencé à être utilisés pour le théâtre. Nous y remarquons, en effet, à côté de drames religieux tout à fait analogues aux nôtres, des œuvres telles que celles-ci : « Mystère de Charlemagne et des douze pairs, mystère des quatre fils Aymon, mystère de Pierre de Provence et de la belle Maguelonne, mystère de Jérusalem délivrée ou Godefroi de Bouillon, mystère de la conquête de Charlemagne, mystère de Robert-le-Diable, Vie de saint Guillaume, comte de Poitou » (1).

Les perspectives ainsi ouvertes devant l'instinct, devant la passion dramatique de nos ancêtres de la fin du Moyen Age, furent brusquement coupées par le triomphe de la Renaissance. Il n'en fut pas des mystères comme d'autres branches de notre ancienne littérature qui, lors de ce triomphe, étaient déjà mortes. Ils n'étaient même pas entrés dans cette période de décadence qu'avaient connue avant eux et à cause d'eux les drames liturgiques et les jeux scolaires. Jamais, au contraire, ils n'avaient été plus goûtés de la masse de la nation. Ils ne périrent pas de la difficulté de continuer à vivre ; ils furent assaillis, vaincus et tués par un adversaire que diverses circonstances rendirent plus puissant. On peut donc dire que la cause de leur fin leur fut, pour ainsi dire, étrangère. Mais il faut ajouter que cette cause n'aurait pas eu un effet si décisif et si meurtrier sans les défauts internes des derniers mystères français, qui diminuèrent singulièrement leur force de résistance contre un ennemi aussi redoutable pour eux que l'humanisme de la Renaissance avec son engouement sans bornes pour l'esprit et pour les œuvres de l'antiquité grecque et romaine. L'exubérance même, vraiment énorme et déréglée, des grandes représentations religieuses du XVI^e siècle, attestait une vigueur

(1) Cf. HENRI OMONT, *Catalogue des manuscrits celtiques de la Bibliothèque nationale*. Paris, 1890, in-8°.

plutôt fiévreuse que réellement solide, et offrait à l'attaque une surface pleine de points faibles. La naïveté première de ces exhibitions démesurées s'était de plus en plus mélangée et gâtée d'ingrédients fâcheux, et la curiosité des spectateurs, autant et plus surexcitée que leur dévotion s'y repaissait trop souvent d'aliments de toute nature. Enfin la non contestable infériorité littéraire de ces compositions interminables présentait un contraste par trop frappant avec la juste mesure, avec la haute valeur de goût et d'art des chefs-d'œuvre de la littérature antique. Les mystères français avaient besoin d'une réforme ; ils furent victimes d'une révolution.

## CHAPITRE IV

LE DRAME RELIGIEUX HORS DE FRANCE. — QUELQUES MOTS SUR LES JEUX ALLEMANDS, — LES PAGEANTS ANGLAIS, — LES LAUDI, DEVOZIONI ET RAPPRESENTAZIONI ITALIENNES. — AUTRES CONTRÉES.

Eu égard à la destination de ce travail, il était naturel d'y insister principalement sur les mystères français, mais l'existence du drame religieux au Moyen Age est indubitable dans toute l'Europe catholique. Cela va de soi pour les drames liturgiques et les jeux latins scolaires, et nous l'avons indiqué dans nos chapitres qui s'y rapportent. Mais il n'en a pas été autrement pour les représentations en langue vulgaire. Seulement ici, avec des ressemblances plus ou moins frappantes, se montrent aussi, selon les pays, des différences plus ou moins sensibles. La question des influences et imitations réciproques n'a pas été, jusqu'à présent, suffisamment éclaircie (1).

(1) Parmi les essais tentés en ce sens il est juste de

Elle est difficile et délicate et demande un ensemble de connaissances et d'informations, des qualités d'intelligence et de jugement qu'il n'est pas aisé de réunir. Le mieux pour nous aujourd'hui est de la laisser de côté.

D'après ce que nous savons des *jeux* allemands, il nous a paru qu'ils ont été à leur origine et sont demeurés durant tout le Moyen Age plus étroitement liés que les mystères français à la tradition et au système des jeux latins scolaires. La transition des uns aux autres s'y fait, pour ainsi dire, en pente douce et comme insensible. Les représentations en langue vulgaire demeurent, comme les précédentes, du moins en grande partie, l'apanage traditionnel des écolâtres et surtout des écoliers. Le fait nous est positivement attesté pour plusieurs d'entre elles. Dans l'épilogue d'un jeu de Pâques en moyen allemand, dont le texte, conservé aujourd'hui à Inspruck, nous reporte au second quart du XIVe siècle, l'apôtre saint Jean, s'adressant aux spectateurs, les invite à une juste libéralité envers les pauvres écoliers qui ont représenté la pièce. « Celui, dit-il, qui leur donnera du rôti, aura part, aujourd'hui et toujours, à la munificence divine ; celui qui leur donnera des flans, Dieu le recevra dans le royaume du ciel. » Le jeu de la *Passion* d'Eger se termine par une demande pareille en faveur des écoliers qui y ont pris part. Or, c'est une pièce d'une étendue notable, divisée en trois journées et qui compte plus de huit mille vers. Les jeux allemands ne paraissent pas d'ailleurs avoir jamais atteint les énormes proportions des grands mystères français. Ce n'est pas un reproche à leur faire. Mais, dans leurs dimensions plus restreintes et plus raisonnables, ils ont pourtant (sauf le jeu de Muri) moins d'unité de composition, un caractère

signaler l'intéressant travail de M. Maurice WILMOTTE : *Les Passions allemandes du Rhin dans leur rapport avec l'ancien théâtre français*. Paris, Bouillon, 1898, in-8°.

moins personnel que les immenses ouvrages des Mercadé, des Greban et des Jean Michel : on y retrouve trop aisément les matériaux dont ils sont faits et ils semblent cousus de pièces et de morceaux. « Les grands mystères allemands, dit un critique plutôt *germaniste* à l'excès, ne sont que des agglomérations et non des organismes soigneusement construits (1). »

C'est en Angleterre, nous l'avons vu, qu'ont été composés et représentés les plus anciens drames en langue française qui nous soient parvenus. Le goût du théâtre religieux n'y diminua point quand la langue de la population conquise, l'anglo-saxon, en train de devenir l'anglais, reprit peu à peu le dessus et commença d'absorber en soi l'idiome importé par la conquête. Les *miracles* des saints par personnages semblent y avoir obtenu au XIIIe siècle un succès particulier. Le XIVe et le XVe siècle y virent des représentations analogues à celles du continent. Mais, dès le début de ce dernier siècle, le drame religieux en Angleterre se manifesta principalement sous une forme spéciale, qui devint comme son caractère national, et qui se rattache, par son origine, aux cérémonies de la Fête-Dieu.

Instituée par Urbain IV en 1264, définitivement établie en 1318 par Jean XXII, cette fête, dont le rite capital est la procession solennelle du Saint-Sacrement, fut, selon la tendance instinctive du Moyen Age, bientôt accompagnée, pendant cette procession et dans son sein même, de figurations dramatiques. L'Allemagne nous en offre dans un manuscrit d'Inspruck, daté de 1391, le plus ancien exemple actuellement connu. Une représentation semblable est attestée à Draguignan en 1437. Mais, dès 1415, nous avons la preuve qu'en Angleterre les jeux dra-

(1) WILHELM MEYER, *Fragmenta burana*, p. 106. — Pour une plus ample notion du drame religieux en Allemagne au Moyen Age, nous renvoyons le lecteur à l'excellent exposé de M. Wilhelm Creizenach, ouvrage cité, pp. 112 et suiv., 219 et suiv.

matiques de la Fête-Dieu étaient organisés avec un soin et une magnificence hors ligne. En une série considérable de scènes détachées, mais successives, ayant chacune son théâtre spécial, ses acteurs et figurants propres, les corps de métiers de la ville d'York représentèrent, cette année-là, l'histoire religieuse de l'humanité depuis la création du monde jusqu'à l'Assomption de la Sainte-Vierge, avec le jugement dernier pour épilogue. Nous possédons encore la liste de ces *pageants* (tel fut le nom anglais de ces spectacles en série) dressée par Roger Burton, clerc de la ville. Les dix premiers furent confiés au zèle dramatique des tanneurs, des plâtriers, des cardeurs, des foulons, des tonneliers, des armuriers, des gantiers, des constructeurs de vaisseaux, des poissonniers, pêcheurs et mariniers unis ensemble, des parcheminiers et des relieurs associés aussi.

Le texte complet ou peu s'en faut de quatre collections de ces jeux cycliques anglais nous a été conservé : celles d'York, de Woodkirk et de Chester, et celle dite de Coventry ; nous avons, en outre, des pièces isolées, appartenant à trois autres cycles, ceux de Dublin, Norwich et Newcastle. Il n'est guère douteux que des représentations de ce genre n'aient eu lieu, chaque année, dans un certain nombre de localités de la Grande-Bretagne. La vogue en durait encore au XVI^e^ et même au XVII^e^ siècle ; elle survécut au triomphe du protestantisme et à la suppression de la Fête-Dieu. Les *pageants* de Chester, dont les copies qu'on possède s'échelonnent de 1592 à 1607, et qui furent certainement en usage jusqu'en 1677, étaient représentés, dans leur dernier état, durant la semaine de la Pentecôte. L'archidiacre Roger, mort en 1595, qui assista aux représentations de cette ville, en décrit la forme en ces termes :

« La manière de ces jeux était celle-ci. Chaque corps de métier avait son *pageant*, lequel *pageant* consistait en un haut échafaud avec deux étages, un haut et un bas, sur quatre roues. Dans la chambre d'en bas ils se préparaient, et dans celle d'en haut ils jouaient, et tous les *pageants* étaient ouverts par en haut, de façon que tous les spectateurs pussent voir et entendre les acteurs. Les endroits où ils jouaient, c'était dans chaque rue. Ils commencèrent d'abord aux portes de l'abbaye, et quand le premier *pageant* était joué, il était roulé à la Haute-Croix devant le maire, et ainsi de rue en rue, et ainsi chaque rue avait son *pageant* et tous ces *pageants* jouaient en même temps, jusqu'à ce que tous les *pageants* désignés pour le jour fussent joués ; et quand un *pageant* était presque fini, le mot d'ordre était donné de rue en rue, de telle sorte qu'ils pussent venir chacun à leur place, se succédant régulièrement, et que toutes les rues eussent leurs *pageants* jouant en même temps ; pour voir lesquels jeux il y avait grande affluence, et aussi échafauds et estrades construits dans les rues aux endroits où l'on avait décidé de jouer les *pageants* (1). »

En Italie, comme en Angleterre, quoique d'une autre façon, le drame religieux revêtit une physionomie particulière et caractéristique. Ce n'est pas que les points de rapport avec les autres pays de la chrétienté y fassent à cet égard complètement défaut. Les drames liturgiques et les jeux latins scolaires, par exemple, y furent connus et goûtés. Ils y donnèrent lieu plus qu'ailleurs, ce semble, à un riche déploiement de pompe scénique, correspondant à un trait du caractère national. Les grandes représentations figurées, avec point ou peu de paroles, étaient spécialement aimées des Florentins. La fête de saint Jean-Baptiste, patron de Florence, était célébrée par une procession immense et luxueuse, illustrée de tableaux dramatiques, analogues aux *pageants* anglais, mais où la pantomime tenait plus de place que le dialogue.

(1) Cf. Marriott, *A collection of english miracle-plays or mysteries* etc. Basel and Paris, 1838, in-8°, p. Lj.

Une forme tout italienne du drame religieux naquit en Ombrie à la fin du XIIIe et au commencement du XIVe siècle. Son origine se rattache au mouvement spontané de pénitence qui souleva en 1260 les habitants de cette région. On vit des populations entières parcourir les villes et les campagnes en frappant leurs épaules nues et en chantant des cantiques en langue vulgaire. On donnait à ces chants le nom de *laudi* (au singulier *lauda*). L'usage du chant alterné y introduisit le dialogue, et le dialogue y amenant la mise en scène, de là sortit le genre des *laudi* dramatiques. Ce développement s'accomplit d'autant mieux que les flagellants après un certain temps se fixèrent et se constituèrent en confréries distinctes, ayant chacune son lieu de réunion dans une église ou une chapelle déterminée. C'est désormais dans ces lieux consacrés qu'elles continuèrent leurs pieux exercices, c'est-à-dire notamment le chant et la représentation des *laudi*, dont, en suivant le cours de l'année liturgique, on emprunta le sujet à l'évangile, ou plus généralement à l'office du jour. Cet usage se perpétua en Italie jusques assez avant dans le cours du XVe siècle.

Un autre genre, particulièrement propre à l'Italie, est celui des représentations dramatiques liées à la prédication, dont elles illustraient, pour ainsi dire, les enseignements et les exhortations. Ce système fut appliqué à la *Passion* dès le XIVe siècle. Le nom de *devozioni* semble avoir été volontiers donné aux représentations de ce genre, bien qu'il ait pu être appliqué aussi à des drames sacrés issus de la *lauda* ombrienne, de plus en plus amplifiée et dramatisée.

On ne semble pas fixé encore d'une façon bien certaine et définitive sur le lien de filiation qui rattacherait aux *laudi* et aux *devozioni* les *sacre rapprezentazioni*, qui jouirent à Florence d'une si grande faveur durant plus d'un siècle, à partir d'environ 1450, et qui, ayant pour interprètes habituels de pieuses associations de jeunes garçons, joignirent à leur objet d'édification religieuse et de divertissement dramatique un sentiment éducateur et pédagogique assez prononcé (1). Voici sur leur origine l'avis du savant justement renommé qui a jusqu'ici le plus contribué par ses travaux à éclaircir l'histoire de l'ancien théâtre italien :

« La *sacra rappresentazione*, dit M. Alessandro d'Ancona (2), est une forme théâtrale tout à fait propre à Florence, née vers le milieu du xve siècle par la fusion de la *devozione* venue du dehors et des pompes urbaines par lesquelles on célébrait *ab antiquo* la fête du patron de la ville (saint Jean). L'union que contractèrent ces deux formes diverses, dérivant, l'une de l'instinct de l'imitation dramatique, l'autre de celui de la reproduction mimique, engendra cette production nouvelle, dans laquelle sont arrivés à la plus grande perfection les germes contenus dans l'une et dans l'autre. La *devozione* n'avait pas dû progresser beaucoup plus loin que le point où, dans leurs humbles oratoires, l'avaient amenée les *laudesi ;* et de son côté la pompe mimique, privée de l'accompagnement et de l'interprétation de la parole des personnages, restait un spectacle infécond. Au nouveau drame la *devozione* fournit le modèle, et les fêtes dans lesquelles l'art de la mise en scène avait déjà fait excellemment sa preuve fournirent une occasion favorable à l'agrandissement de la sèche action dramatique employée par les flagellants ; mais ce n'est que dans la cité qui fut le berceau des arts et de la poésie qu'il pouvait en sortir un genre littéraire et une espèce théâtrale. De grands artistes, comme Brunelleschi et Cecca,

(1) Cf. Sur ce point W. Creizenach, ouvrage cité, p. 319 et suiv.

(2) Nous empruntons la traduction de ce passage à M. Gaston Paris, qui a publié dans le *Journal des Savants* (novembre 1892) une analyse critique du beau livre de M. d'Ancona : *Origini del teatro italiano.*

donnèrent, par le moyen de leurs *ingegni*, le plus grand développement à la partie figurative et symbolique ; des poètes de valeur, comme Belcari et Laurent-le-Magnifique, se substituèrent aux humbles et incultes *laudesi*, et ainsi se forma ce théâtre qui unit heureusement l'industrie du mécanisme et le charme de la poésie. Ce fut le fruit mûr d'une civilisation arrivée à maturité. »

Nous ne savons encore que bien peu de chose sur le drame religieux du Moyen Age en Espagne, mais cela tient tout simplement, croyons-nous, à ce que les recherches relatives à ce sujet n'ont pas été jusqu'à présent très actives de la part des savants de ce pays, auxquels la dispersion des documents, quelquefois peu accessibles, ne les rend pas très aisées. La découverte d'un drame du XIIe siècle, en vers espagnols, sur les *trois rois mages*, malheureusement incomplet, mais dont les traits caractéristiques se rapportent bien à ce que nous savons de la façon dont ce sujet était traité ailleurs, dans les drames liturgiques et dans les jeux scolaires, nous permet de conjecturer que le développement du théâtre chrétien dans cette contrée, durant la période antérieure à Juan de la Encina (né en 1460, mort en 1534) sera d'un grand intérêt, quand il nous sera possible de le mieux connaître. Ce même théâtre a laissé de curieux monuments de son existence dans les Pays-Bas, et l'on commence à signaler des documents de même nature en Scandinavie et dans les diverses régions peuplées de Slaves catholiques. C'est ainsi que tout récemment nous est parvenue, grâce à l'obligeante amabilité de leur auteur, l'intéressante analyse des travaux consacrés par M. S. Windakiewicz au « drame liturgique en Pologne au Moyen Age » et au « théâtre populaire dans l'ancienne Pologne ». Ce théâtre a en notable partie un caractère religieux (1).

(1) Cf. *Bulletin de l'Académie des sciences de Cracovie. Classe de philologie.* Novembre 1901 et avril 1902.

## CHAPITRE V

LES MORALITÉS. — L'ÉLÉMENT COMIQUE DANS LE DRAME RELIGIEUX ET L'ÉLÉMENT RELIGIEUX DANS LE DRAME COMIQUE.

A côté des mystères et des représentations analogues se développa au Moyen Age, particulièrement en France, un autre genre dramatique, qui se rattache, lui aussi, au moins dans une certaine mesure, à l'histoire du drame religieux. Ce sont les *moralités*. L'origine n'en est pas encore déterminée d'une façon fort précise. Pour notre part, nous ne serions pas éloigné d'en faire remonter le commencement à la période des jeux scolaires, peut-être même des drames liturgiques. L'enseignement dans les écoles épiscopales et monastiques avait un caractère dialectique très prononcé ; de plus, le goût des allégories symboliques, à elles transmis par les écrivains de la décadence romaine, s'y développa et y demeura une des principales habitudes d'esprit des maîtres et des étudiants. Or, cette double tendance est aussi l'un des traits habituellement distinctifs du genre dont nous nous occupons. Peut-être se manifesta-t-il en premier lieu sous la forme de drames liturgiques et de jeux scolaires, où étaient figurées et dialoguées par personnages certaines *paraboles* de l'Evangile. Ainsi le drame de l'*Epoux*, c'est-à-dire des *Vierges sages et des vierges folles*, pourrait être considéré comme une *moralité*. Ce titre convient encore mieux à une curieuse pièce latine, en vers métriques et rythmiques, signalée par M. Paul Meyer et publiée par feu M. Hauréau (1), et où est mis en

(1) *Notices et extraits de quelques manuscrits latins de*

dialogue, en formes de plaidoiries contradictoires, la parabole du *mauvais riche*. Nous croyons avoir des raisons de penser que la parabole, par elle-même si dramatique, de l'*enfant prodigue* a fourni aussi le sujet de jeux scolaires. Nous sommes assuré, en tout cas, qu'elle a été, pour un trouvère fort distingué du XIIIe siècle, l'occasion de composer une très jolie pièce, que nous n'hésiterions pas, pour notre part, bien que l'allégorie en soit absente, à placer dans le genre des moralités par personnages, dans l'espèce de celles que nous nommons *exemplaires* (1).

Si notre vue est juste, à un moment donné ce genre avait passé de la littérature latine des grandes écoles (d'où il ne fut pas pour cela banni) dans la poésie en langue vulgaire, puis dans le répertoire courant de ces récitateurs ambulants nommés *jongleurs*. C'est bien, en effet, une moralité dramatique, ce jeu dialogué « de Pierre de la Broce, qui dispute contre Fortune par devant Raison (2) », lequel avait sans doute pour objet de justifier devant l'opinion publique la chute tragique d'un favori du roi Philippe-le-Hardi. Pierre, en effet, après avoir exercé l'autorité d'un premier ministre, avait été arrêté soudain, emprisonné, jugé et condamné comme traître, pour connivence avec le roi de Castille, et finalement pendu, le 30 juin 1278, au gibet de Montfaucon. La représentation de la pièce composée sur cet événement, alors tout récent, n'exigeait pas grand appareil. L'auteur n'y a fait figurer que trois personnages, dont deux sont de pures allégories : la Raison, la Fortune et Pierre de la Broce, qui plaide contre celle-ci par devant celle-là, et perd son procès. La moralité se

*la Bibliothèque nationale*, t. VI. Paris, Klincksieck, 1893, in-8°, pp. 320-326.

(1) Cf. sur cette espèce et en général sur les origines et la classification des moralités, nos *Origines catholiques du théâtre moderne*, p. 375 et suiv.

(2) Le texte en a été compris dans le recueil de MM. Monmerqué et F. Michel : *Théâtre français au Moyen Age*.

termine par la sentence de Raison, conçue en ces termes :

« Pierre, tu as bien ouï Fortune — qui se défend très sagement. — Elle dit que tu n'as pas continué à suivre — la voie de ton commencement — et que tu as par tricherie — ton seigneur servi faussement. — Elle ajoute que c'est proprement son droit et sa vie — de tourner vite et constamment.

« Ainsi, Pierre, tu te plains à tort — et je crois bien qu'elle dit vrai : — tu es atteint et convaincu de tes méchancetés, — chacun maintenant peut bien le voir, — et tu es contraint par jugement — d'en recevoir la juste peine. — Le diable ne s'est pas dissimulé, — lui qui te tenait en son pouvoir.

« La fraude retombe sur son auteur — qui ne pourra pas toujours la farder. — Celui qui use de tricherie — envers celui qu'il devrait garder, — je dis, par la Vierge Marie, — qu'il mériterait d'être brûlé. — La peine a été prononcée, — et tu la subiras sans tarder.

« C'est avec raison que la Justice te condamne, — et je confirme sa sentence. — Mais, vous tous, sachez que ce n'est qu'onction — que la peine et la pénitence terrestres. — La mort arrive, diverse et dure. — Alors Dieu viendra, ce n'est pas douteux. — Qui fait le mal, dit l'Ecriture, — trouvera le mal : telle est ma foi. »

L'allégorie symbolique, que nous voyons ainsi régner dans le *jeu de Pierre de la Broce*, devint de plus en plus prépondérante dans le genre de la moralité par personnages, tel qu'il se constitua définitivement chez nous aux XIVe et XVe siècles. Il dut une notable partie de son développement et de son succès à une grande association parisienne d'ordre judiciaire, celle des clercs de la Basoche, qui se forma au temps de Philippe-le-Bel autour du Parlement de Paris. Comme elle se recrutait parmi les étudiants des Universités, de celles surtout sans doute de Paris même et d'Orléans, elle conserva quantité de traditions, d'habitudes et de goûts de la société cléricale et scolaire du haut Moyen Age. Mais, d'autre part, en raison d'un contact journalier, elle fraya très largement et très librement avec la société profane et la littérature laïque et populaire. La vogue de la moralité dramatique était devenue telle, dans la première moitié du XVI^e^ siècle, que l'emploi vraiment abusif qu'elle faisait des personnalités fictives et des êtres de raison envahit alors de façon assez fâcheuse les mystères eux-mêmes. Cependant la moralité que nous appelons *exemplaire* n'avait pas entièrement disparu devant la redoutable concurrence de l'allégorie. Elle prit même quelquefois un caractère *représentatif*, historique ou légendaire, qui lui donnait un intérêt spécial et aurait pu, sans les excès de la Renaissance, lui ouvrir un bel avenir (1).

La moralité, généralement sérieuse et même sermonneuse, ne laisse pas d'être assez souvent descriptive des mœurs mauvaises et quelquefois positivement satirique. Elle tient donc, dans le théâtre du Moyen Age, une place intermédiaire entre le mystère et les représentations analogues, d'une part, et, de l'autre, les divers genres qui, dans ce théâtre, appartiennent aux représentations comiques. Ces dernières sont en dehors de notre sujet, mais il n'en est pas, croyons-nous, tout à fait de même des rapports qui peuvent avoir existé, sous un double aspect, entre elles et le drame religieux. Nous dirons donc quelques mots de l'élément comique dans le drame religieux et de l'élément religieux dans les représentations comiques.

(1) Ces notions très sommaires sur les moralités par personnages pourront être aisément développées par la lecture des excellentes pages de M. Petit de Julleville sur ce sujet : *La Comédie et les mœurs en France au Moyen Age*. Paris, Léopold Cerf, 1886, in-16, pp. 44 et suiv., 78 et suiv. — *Répertoire du théâtre comique en France au Moyen Age*, Paris, même librairie, 1886, in-8°, p. 31 et suiv. — Cf. WILHELM CREIZENACH, ouvrage cité, p. 458 et suiv.

Qu'un élément familier, puis bientôt comique et même bouffon, se soit introduit de bonne heure et assez rapidement développé dans certains drames liturgiques et dans un bon nombre de jeux scolaires, nous en avons des preuves positives, et cela n'a rien d'étonnant, eu égard à l'idée de divertissement qui, presque dès l'origine, dans l'objet de ces pieuses représentations, avait pris place à côté de la pensée d'édification et d'enseignement qui les avait inspirées. Vers la fin du XII$^{e}$ siècle, deux esprits sévères, mais assurément bien renseignés, s'élevaient contre les abus qui trop souvent gâtaient, selon eux, ce genre de spectacles. Herrade de Landsberg, la célèbre abbesse de Hohenbourg, gémissait, vers l'année 1170, sur les bouffonneries qui avaient dénaturé, disait-elle, les jeux dramatiques, primitivement louables et utiles, des fêtes de Noël. Gerhoh de Reichersberg, mort en 1169, dans son commentaire sur les psaumes, exprimait publiquement son repentir d'avoir autrefois, quand il était écolâtre du chapitre d'Augsbourg, non seulement toléré, mais encouragé les représentations de ses écoliers, les jeux d'*Hérode* par exemple, du *Meurtre des Innocents* et autres, précédés ou suivis de véritables bombances dans le réfectoire claustral. La part prise en maint endroit aux jeux dramatiques des écoles par ces étudiants vagabonds et indisciplinés que l'on appelait *goliards*, n'était pas pour diminuer ces excroissances regrettables. L'autorité ecclésiastique s'en émut. Un décret du pape Innocent III prohiba, en 1210, les jeux de théâtre « ludi theatrales » qui se donnaient dans les églises, mais il semble bien résulter d'une curieuse glose, destinée à expliquer et à limiter cette prohibition, et qui figure dans le commentaire de Bernard de Cotone (mort en 1263) sur le recueil des décrétales publié par Grégoire IX, que cette proscription s'appliquait aux excroissances dont il s'agit et autres folies semblables et non à l'édifiante simplicité des représentations primitives. Dans le théâtre religieux en langue vulgaire, l'union des deux éléments présentait, pour plusieurs motifs, beaucoup moins d'inconvénients, et il faut ajouter que pendant longtemps la foi profonde et la naïve rusticité des masses atténua, dans une large proportion, l'effet de certaines exubérances, de certains disparates pour nous tout à fait choquants. Aussi s'en donna-t-on à cœur joie. La juxtaposition aux sublimités bibliques et chrétiennes de scènes ou de traits d'un réalisme crûment vulgaire ou d'une bouffonnerie grotesque est l'un des caractères distinctifs des grands mystères de la fin du Moyen Age (1).

D'un autre côté, il semble qu'une part assez importante doive être attribuée dans l'origine et les développements du théâtre comique au Moyen Age à certaines fêtes spécialement joyeuses des clercs et des étudiants, où des traditions remontant au paganisme se mêlèrent aux habitudes et coutumes ecclésiastiques et scolaires : fête des Innocents, fête de l'Ane, fête des Fous. Certains traits de ces réjouissances ont passé dans les diverses espèces des jeux comiques en langue vulgaire : le *monologue dramatique*, comprenant le *sermon joyeux;* la *sotie*, la *farce*. La présence de l'élément religieux dans ce dernier genre se manifeste d'une assez curieuse façon à la fin de la pièce intitulée : *Le Pèlerinage de mariage*, qui se termine par une procession et des litanies burlesques, tout à fait analogues aux antiques joyeusetés des clercs et des écoliers en liesse :

L'UN DES ACTEURS

De femme pleine de tempête,
Qui a une mauvaise tête,
Et le cerveau contaminé,

(1) Cf. W. Creizenach, ouvrage cité, pp. 64, 99 et suiv. — Voyez aussi l'intéressant mémoire de M. M. Wilmotte : *La Naissance de l'élément comique dans le théâtre religieux*, lu au Congrès d'histoire comparée tenu à Paris en 1900.

TOUS ENSEMBLE

*Libera nos, Domine...*

L'ACTEUR

Quand la femme tempête et tance,
Que le mari ait patience
Et obtienne un peu de repos.

TOUS ENSEMBLE

*Te rogamus, audi nos...*

Cette parodie liturgique, fort licencieuse par endroits, s'achève pourtant et clôt la farce par ce couplet moral et même édifiant :

L'ACTEUR

Que les deux nouveaux épousés
Se trouvent si bien disposés,
Qu'ils puissent en leur mariage
Produire bon et beau lignage
Et vivre ensemble longuement ;
Puis en la fin aient sauvement
Avec Dieu au céleste enclos.

TOUS ENSEMBLE

*Te rogamus, audi nos.*

## CHAPITRE VI

### LE DRAME RELIGIEUX ET LA RENAISSANCE

Nous n'avons à considérer ici l'esprit de la Renaissance que dans ses rapports avec les destinées du théâtre religieux, c'est-à-dire au point de vue intellectuel et littéraire. Le grand défaut de la littérature du Moyen Age en général, c'était l'insuffisance de sa culture esthétique. Le choix et l'harmonie dans la composition, l'élégance dans l'expression sont demeurés trop étrangers aux écrivains de cette grande époque. Dante et Pétrarque font sans doute exception, mais précisément, pour la forme expressive, Dante est, de son aveu, le disciple de Virgile, et Pétrarque est le père de l'humanisme, c'est-à-dire de la Renaissance. Ce mouvement, qui gagna peu à peu toute l'Europe civilisée, consistait dans l'étude, l'admiration et l'imitation de l'antiquité classique, dont les chefs-d'œuvre sont des modèles de goût et d'art. Au point de vue dont il s'agit, l'utilité de ce mouvement n'est pas contestable, et aussi fut-il non seulement toléré, mais approuvé et encouragé par les papes de la seconde moitié du xv$^{e}$ et du commencement du xvi$^{e}$ siècle. On a pu dire qu'avec Nicolas V (1447-1455), l'humanisme était monté sur le trône de saint Pierre. Malheureusement, même dans l'ordre purement poétique et littéraire, la Renaissance se précipita dans des excès sans mesure. Elle s'engagea dans une tentative de restauration violente et révolutionnaire de l'antiquité païenne. Elle ne conçut plus alors les productions de l'esprit humain que comme une suite immédiate et un décalque servile des littératures grecque et romaine et prétendit tenir pour non avenu, malgré ses grandes floraisons catholiques et nationales, le Moyen Age tout entier.

Le théâtre issu de cette époque, maintenant reniée et proscrite, fut naturellement impliqué dans le conflit intellectuel qui fut le résultat de cette prétention. L'influence de la Renaissance sur le drame religieux du Moyen Age et l'influence, plus ou moins persistante, de celui-ci, à travers et en dépit de la Renaissance, furent diverses selon les divers pays où ce conflit s'engagea. En Angleterre, en Espagne, en Allemagne, la victoire de l'humanisme exagéré ne fut que partielle ou temporaire ; l'existence, puis l'influence de la tradition intellectuelle du Moyen Age demeurèrent puissantes, et y ont, de plusieurs façons, laissé fortement leurs traces sur la poésie dramatique et sur le théâtre national. En Italie, au contraire, le théâtre reçut de la Renaissance un coup terrible, et d'autant plus regrettable que la transformation du théâtre antique n'y donna pas, comme chez nous, naissance à des branches vraiment neuves et à des chefs-d'œuvre originaux.

En France, une action judicieuse et modérée de l'humanisme sur le drame religieux et sur le théâtre populaire, aurait eu certainement des effets heureux. C'est ainsi qu'à côté des abus croissants des grands mystères ou en réaction intelligente contre la proscription qui en résulta, se produisirent quelques essais d'épuration et de rénovation, que l'on peut en partie rattacher à l'école poétique de Marot. Parmi ces tentatives, une place distinguée doit être donnée au remaniement de l'un des épisodes du mystère du *Vieux Testament* par un ecclésiastique normand, Thomas Le Coq, curé de la Sainte-Trinité de Falaise, dont la tragédie de *Caïn* fut peut-être composée pour être représentée devant la foule qui accourait tous les ans, le 15 août, à la foire de Guibray. Quelle que soit la date de la composition de cette pièce et de sa première représentation, fût-elle même postérieure à l'avènement de la Pléiade, le style dénonce un disciple littéraire de Marot, non de Ronsard. Il suffit, pour en être persuadé, de lire ce gracieux prologue, où l'auteur, en devenant élégant, sait rester naïf :

Désir de veoir et entendre merveilles
Fait ouvrir l'œil et tendre les oreilles,
L'œil au plaisir s'arreste seulement,
L'oreille veut autre contentement,
Car de flageol du tout ell' ne n'affecte,
Si par raison elle n'est satisfaicte.
Je dy cecy, Messieurs, pour qu'il me semble
Que vous aurez d'œil et d'oreille ensemble
Contentement, mais qu'en silence deue
De nostre jeu vous entendez l'issue ;
Car vous verrez vieilles choses nouvelles :

Pour le vieil temps vieilles je les appelles,
Neufves aussi, pour la mode sauvage
D'accoustremens qui ne sont en usage.
Le père Adam, Eve nostre grand'mère,
Caïn meurtrier, Abel son jeune frère,
Et leurs deux sœurs, et leurs femmes aussi,
Que vous verrez représentez icy,
Ne sont vestus de pompeux ornemens,
Riches habits, précieux vestemens
De toille d'or, veloux, satin, damas,
Dont aujourd'huy les riches font amas :
Chaines, carquans, bagues et tels atours
Pour ce temps-là n'avoient encor le cours,
Mais seulement prenoient de leurs troupeaux
Quelques chevreaux, dont arrachoient les peaux,
Et s'en vestoient d'une façon estrange,
Voire et n'avoient tels habits à rechange
Pour soy parer par curiosité ;
Mais soy couvroient pour la nécessité,
L'hyver, de peaux pour garder la froidure,
Et l'esté chaud, de fleurs et de verdure ;
Voilà pour l'œil. L'oreille est pour entendre
La voix de Dieu, et briefvement comprendre
Comme Caïn, premier né, fut premier
Du juste et saint l'exécrable meurtrier,
Pourquoy ce fut, par qui, quelle sentence
Dieu ordonna pour punir son offence,
Voilà que c'est que vous escouterez ;
Puis en la fin vous en remporterez
Quelque bon goust, quelque douce liqueur,
Car le Seigneur imprime dans le cueur
Des auditeurs de sa saincte parolle
La vive foy qui noz âmes console,
Fuyr péché nous faict, vertu ensuyvre,
Pour après mort éternellement vivre (1).

A la même école, à la même tentative de continuation épurée du drame religieux du Moyen Age appartiennent les curieuses compositions dramatiques de la sœur de François Ier, la reine Marguerite de Navarre, qui malheureusement y a insinué et même prêché ses opinions protestantes. Les adeptes de Luther et de Calvin employèrent en effet les genres drama-

(1) Cf. notre volume, *Le Drame chrétien au Moyen Age*, p. 283 et suiv.

tiques traditionnels à la propagande de leurs erreurs. Cela résulte, entre autres preuves, de l'*Abraham sacrifiant* de Théodore de Bèze, un vrai mystère calviniste.

Cet usage du théâtre religieux n'était pas de nature à lui conserver la sympathie de ceux des catholiques qui, soit dans le clergé, soit parmi les lettrés, considéraient comme une double nécessité la lutte contre la réforme hérétique et l'accomplissement d'une réforme orthodoxe. Ces esprits, d'accord avec ceux qui flottaient entre les deux doctrines et avec ceux qui inclinaient vers le protestantisme, étaient de jour en jour plus choqués des abus, des inconvenances des représentations accoutumées et, en partilier, à Paris, de celles des Confrères de la Passion. Comme les mêmes personnes étaient en général celles qui adoptaient les idées littéraires de l'humanisme, il se forma peu à peu, dans la première moitié du XVI^e^ siècle, une opinion catégoriquement hostile aux mystères, qui recruta notamment des adhérents dans la haute magistrature. Un orage s'amassait dans ces régions aristocratiques. Il éclata dans le célèbre arrêt du Parlement de Paris, en date du 17 novembre 1548, dont le dispositif, tout en confirmant le privilège des Confrères, « inhibe et deffend aux dits supplians de jouer le mystère de la Passion Nostre Sauveur, ne autres mystères sacrez sur peine d'amende arbitraire ».

Outre son effet direct et immédiat sur les représentations parisiennes, ce coup de foudre administratif et judiciaire eut une répercussion prolongée, lentement, mais sérieusement efficace sur les destinées du théâtre en France. Le triomphe de l'école de Ronsard, imbue des opinions les plus exagérées de la Renaissance, tourna de plus en plus contre la tradition dramatique du Moyen Age la puissance de la mode, toujours si grande dans notre pays. Aussi cette tradition finit-elle par succomber, après une résistance plus étendue pourtant qu'on ne le croit d'ordinaire. Son influence même (en ce qui touche au théâtre religieux, car, pour les genres comiques, cette influence n'est pas douteuse) son influence même a-t-elle été aussi nulle qu'on le peut croire, qu'on le soutient quelquefois, sur le développement ultérieur de notre littérature dramatique ? Pour notre part, nous ne le pensons pas. L'existence matérielle de la scène française officielle procède des Confrères de la Passion, passés en 1548 de l'Hôpital de la Trinité à l'Hôtel de Bourgogne, et dont les premières troupes de comédiens royaux furent cessionnaires. Au point de vue intellectuel, comme pour les procédés scéniques, la part de la tradition du Moyen Age est considérable dans le théâtre de Hardy, grâce auquel la tragédie française, jusque-là plutôt exercice d'école, devint un drame effectif et vivant (1). Il nous paraît enfin peu conforme à une vue exacte des faits et de leur filiation de nier le lien qui, à travers les drames sacrés des humanistes de la latinité nouvelle et les tragédies bibliques ou chrétiennes des poètes français de la fin du XVIe siècle et des premières années du XVIIe, permet de renouer à nos vieux mystères et au théâtre religieux du Moyen Age ces chefs-d'œuvre chrétiens de l'art classique : *Polyeucte*, *Esther*, *Athalie*.

(1) Cf. l'excellent ouvrage de M. Eugène Rigal : *Alexandre Hardy et le théâtre français à la fin du XVIe siècle et au commencement du XVIIe siècle*. Paris, Hachette, 1889, in-8°.

# BIBLIOGRAPHIE

*Les Prophètes du Christ. Etudes sur les origines du théâtre au Moyen Age*, par Marius Sepet. Paris, Didier, 1878, in-8° (Tirage à part de la *Bibliothèque de l'Ecole des Chartes*, années 1867, 1868 et 1877).

*Le Drame chrétien au Moyen Age*, par le même. Paris, Didier, 1878, in-12.

*Origines catholiques du théâtre moderne*, par le même. Paris, P. Lethielleux, 1901, in-8°.

*Histoire du théâtre en France. Les Mystères*, par L. Petit de Julleville. Paris, Hachette. 1880, 2 vol. in-8°. — Le second volume de cet ouvrage contient un très précieux répertoire bibliographique et analytique.

*Le Théâtre en France au Moyen Age*, par Léon Clédat. Paris, Lecène, Oudin et Cie, 1896, in-8°.

*Etudes sur le théâtre français du XIV° et du XV° siècle*, par Emile Roy. Paris, Emile Bouillon, 1902, in-8°.

*Histoire de la poésie liturgique au Moyen Age. Les Tropes*, par Léon Gautier. Paris, Alphonse Picard, 1887, in-8°.

*La Littérature catholique et nationale*, par le même. Société de Saint-Augustin : Desclée, De Brouwer et Cie, 1894, in-8°. — Ce volume contient un travail intitulé : *Les Origines du théâtre moderne. Histoire des mystères*. C'est la reproduction d'une série d'articles publiés, aux mois d'août et de septembre 1872, dans le journal *Le Monde*, et que l'on trouve quelquefois cités sous leur première forme.

*Geschichte des neueren Dramas*, von Wilhelm Creizenach. Erster Band. *Mittelalter und Frührenaissance*. Halle a S., Max Niemeyer, 1893, in-8°. — Comme livre d'exposition scientifique, cet ouvrage, riche d'informations exactes, d'analyses judicieuses et fidèles, doit être particulièrement signalé aux personnes ayant une connaissance suffisante de la langue allemande.

*Fragmenta burana*, herausgegeben von Wilhelm Meyer aus

Speyer. Berlin, Weidmann, 1901, in-4° (Sonderabdruck aus des Festschrift zur Feier des 150 jährigen Bestehens der Königl. Gesellschaft der Wissenschaften zu Göttingen). — Cette publication comprend une longue et importante dissertation intitulée : *Zur Geschichte der mittellateinischen Schauspiele*. A cause de certaines assertions, de certaines vues fort contestables de l'auteur, il convient de joindre à son ouvrage le compte rendu critique qui en a été donné par M. W. Creizenach dans le recueil intitulé : *Literaturblatt für germanische und romanische Philologie*, 1902, n° 6.

Alessandro d'Ancona. *Origini del teatro italiano*. Seconda edizione, rivista ed accresciuta. Torino, Ermanno Lœscher, 1891, 2 vol. in-8°. — Outre son intérêt propre et de premier ordre pour ce qui concerne spécialement l'Italie, cet ouvrage, tant à cause de l'introduction, consacrée à un examen sommaire des origines du théâtre chrétien en Europe, qu'à cause des nombreux rapprochements qu'il renferme, notamment avec les mystères français, a aussi une sérieuse importance pour l'histoire du drame religieux en général.

# TABLE DES MATIÈRES

—



FIN DE LA TABLE

Saint-Amand (Cher). — Imprimerie BUSSIÈRE.

www.ingramcontent.com/pod-product-compliance
Ingram Content Group UK Ltd.
Pitfield, Milton Keynes, MK11 3LW, UK
UKHW012255240726
13966UKWH00004B/1432